Ein Buch in sieben Dimensionen

I0691709

Du sitzt auf den Trümmern Deiner Ehe?

Liebe des Lebens zerfetzt?

Scherben kerben Dein Herz
Tränen à la Niagara Falls?

Vulkan Schluchzer?

Selbstmitleid

Bitterkeit

Angst

Anwälte

Einsamkeit

Zweifel?

Aus vorbei!

Spring runter!

Raus aus dem Leidenssumpf

Rein ins pralle Vergnügen

Ausreden auf den Müll!

Ich bin zu alt ich bin zu dick ich hab keine Zeit ich hab Kinder was sollen die Nachbarn denken. Ich hab Schwangerschaftsstreifen, Cellulitis, Falten.

Wir werden uns nicht einreihen in die

Schwärme verzweifelter Geschiedener/Verlassener die mit Schaum
vor dem Mund über die Greueltaten des Ex keifen
und wie Geier
über den paar passenden verfügbaren Singles kreisen.
Mit künstlich ins Gesicht geklebtem Lächeln.

Du willst wieder glücklich, attraktiv und sexy sein?

Umschwärmt werden von Männern wie der Blütenstrauß von Bienen?

Mit einem strahlenden Lächeln stolz durch den Frühling schreiten?

Nichts einfacher als das:

Man nehme...

Man vermeide…

Man mische…

Vielleicht war ja das das ursprüngliche Rezept für den Hexentrank.

Schnall Dich an

Die Abenteuerreise kann beginnen

Back Dir ein neues Leben ;-)

Voller Sinnesfreuden

Die Zutaten

Man nehme:

- Eine Prise Galgenhumor
- Ein Kilo Mut (das kann man sich zur Not bei Freunden und/oder Vorfahren leihen)
- Vielleicht ein Gläschen Wein ab und zu
- Eine sinnliche, externe Festplatte (Festplattenhersteller, könntet Ihr bitte an uns Frauen denken und mal einige zum Verlieben schöne Festplatten herstellen?)
- Die Lust neu anzufangen, wie der Schmetterling, der aus der Larve kriecht und fliegt. Locker, leicht und frei: Phönix aus der Asche
- Eine Stoppuhr
- Eine Freundin zum gegenseitigen Kinderhüten (oder Hundehüten) jeweils bei der anderen
- Eine neue, schöne Agenda mit leerem Kalender und leerem Adressbuch
- Einen bezaubernden Stift, an dem Du Freude hast, mit dem Du gerne schreibst
- Ein Säckchen Muscheln. Wähle die schönsten für Dich aus
- Kabellose Kopfhörer
- Zwei neue Emailadressen: Überleg Dir was Passendes, sie werden Deine neuen Freunde sein. Sunshine@luckymail.com, schmetterling@fun.de, was auch immer Dir einfällt bei Providern Deiner Wahl

- Einen sexy USB-Stick; Achtung, bei den Glitzer-Frosch-USB-Sticks fallen die Beine sehr schnell ab
- 500 DIN A8 Kärtchen: je 100 in Rot, Weiß, Orange und Grün (wähle schöne Kärtchen in sinnlichen Farben) siehe Bezugsquellen Nachweis
- Sieben Samentüten und sieben Wurzeln je einer exotischen schönen Pflanze, wähle sie mit Bedacht (für die, die es stylisch lieben: es gibt auch Designer Blumensamenbomben – google sie einfach)
- Und zu guter Letzt, wie bei jedem guten Rezept, eine Zehe Knoblauch
- OK, gut: Wir sind alle Mädels, ein paar Schuhe sind drin; aber keine Handtasche und wenn Du Dein Paar Schuhe auswählst, lasse es Hammer Schuhe sein ;-)

Die Entschlackung vor dem Start der Diät – Der Knoblauch-Tag:

Iss was Du willst und genieße das Leben.

Die Knoblauch-Reinigungskur beginnt wie alle Diäten mit etwas Bitterem:
Unsubscribe Deinen Ex auf Facebook.

Du willst sein Gesicht nicht sehen, nicht das strahlende Lächeln seiner Neuen. Ihre Urlaubsfotos. Weg mit den Erinnerungen. Miste die Wohnung aus. Verbrenne Weihrauch, wenn Du willst. Falls Kinder da sind, müssen natürlich ein paar Fotos bleiben. Aber in den Schubladen findest Du sicher einiges, was Dich an ihn erinnert.

Raus damit!

Und wehe Du checkst, wie oft und wann er auf WhatsApp Online ist…

Wozu aber soll der Knoblauch gut sein?
Ganz einfach.

Mit Knoblauch vertreibt man Geister.

Jedes Mal, wenn Du heute an Deinen Ex denkst, verscheuche die Gedanken. Jedes Mal, wenn Du jemandem von ihm erzählen willst, wie gemein dies, wie fürchterlich das, wie unfair jenes, verschluck die Worte und sprich über etwas anderes.

Ob Du die Knoblauchzehe in die Hosentasche steckst oder einfach mental dabei hast, sei Dir überlassen.

Zauberspruch des Tages:
Er ist Schnee von gestern.

Und jetzt: Kopfhörer auf, gute Musik auflegen und los geht's.
Mache drei Dinge, die Du schon lange machen wolltest.
Du denkst, das sei Pustekuchen? Nicht an ihn denken. Ihn nicht einmal erwähnen.
Von wegen. Es ist nicht so leicht, die Bitterkeit loszuwerden. Leid klebt wie Kaugummi am Turnschuh.
Im Notfall, zurück auf Start. Mach noch zwei Knoblauchtage. Mit so viel Pizza und Schokolade wie Du willst.

Die Reise in ein neues Leben kann beginnen.

Bist Du bereit?

Falls Du mit dem Begriff Phönix nichts anfangen kannst:

Zitat aus Wikipedia:

Phönix ist ein mythischer Vogel, der am Ende seines Lebenszyklus verbrennt oder stirbt, um aus dem verwesenden Leib oder aus seiner Asche wieder neu zu erstehen.

Diese Vorstellung findet sich heute noch in der Redewendung „Wie ein Phönix aus der Asche" für etwas, das schon verloren geglaubt war, aber in neuem Glanz wieder erscheint.

(Falls Du Wikipedia liebst, spenden nicht vergessen)

Tag Eins

Du brauchst neue Freunde

Übung macht den Meister. Du hast die Knoblauchreinigung überstanden? Gratuliere! Jetzt brauchst Du ein paar neue Menschen in Deinem Leben.

Zum Reden, zum Lachen, zum Spaß haben.

Egal, wie viele Freunde Du hast, zu einem neuen Leben gehören neue Menschen.

Frustrierende Erfahrung, in eine Bar zu gehen um neue Leute kennen zu lernen. Jeder bleibt in seinem Grüppchen oder starrt auf sein Handy... Heiliger Abend verschwendet.

Die Lösung ist einfach: Du brauchst ein Portal – kein Single-Portal – sondern einfach eines, auf dem Leute etwas miteinander unternehmen.

Auf der Speisekarte ganz oben steht die Empfehlung des Tages: www.internations.org

Ganz einfach, weil es bei jeder Veranstaltung ungeschriebenes Gesetz ist, dass jeder mit jedem redet. Egal, ob alt oder jung oder Mann oder

Frau. Attraktiv oder nicht. Und deswegen ist die

Exercise of the day:
Werde Mitglied.

Benutze eine Deiner neuen Email Adressen, um Dich anzumelden. Uups, ein Profilfoto brauchst Du auch... Nein! Du nimmst keines von früher. Mach neue! Auf zum Fotoshooting. In der Natur? Mit Deinen tollen neuen Kopfhörern? Raus mit dem Handy und ran an die Selfies...

Du kannst kein Englisch?
Na und!
Dann geh zum deutschen Stammtisch von Internations.

Der Kalender voller Aktivitäten ist spannender zu lesen, als der tollste Abenteuer-Urlaubs-Katalog: Also schwelge, genieße, wähle. Spontan für die Spontanen, akribisch für die Planer. Denn bei jeder Veranstaltung kannst Du sehen, wer sich schon dafür angemeldet hat (mit Foto)...

Wählst Du
- den neuen Bollywood Film mit Shah Rukh Khan mit anschließendem Buffet und Bollywood Tanzkurs?
- Guerilla Gardening?

- Schlitten fahren?
- den Workshop über die Sonnenverehrung im alten Ägypten?
- den Schnupperkurs Drachenboot?
- Mitanpacken in der Flüchtlingskaserne?

Und dann geh hin. Sprich mit Leuten, mische Dich unter die Menschen. Lerne, wieder neue Menschen kennen zu lernen, die wissen wollen, wer Du bist, wie Du bist. Vielleicht findest Du welche, mit denen Du lachen kannst?

Wenn die anderen sich über ihre Exe ausweinen, höre und staune. Schau, wie sich ihr Gesicht verändert, wenn sie von das war so gemein und dann das so unfair und jenes unglaublich erzählen. Schaum vor dem Mund, Stirn in Zornesfalten gelegt. Trauerwolken über dem Kopf. Der Blick hässlich-hassend oder wabernd-leidend.

Kleiner Hinweis: Genauso klangst Du vor ein paar Tagen auch noch und so willst Du weder je wieder klingen – noch aussehen.

Das saftige Steak, welches sich weiter unten auf der Speisekarte findet, ist aber mindestens ebenso verlockend: Denn falls Du Deine heilige Freizeit besonders effizient verbringen möchtest und neue Freunde mit der Betonung auf jünger und männlich suchst...

schau Dich mal hier um: www.meetup.com

Viele Frauen verbringen ihre heilige Freizeit mit Sprachkursen (Frauen), Töpfern (Frauen), Pilates (Frauen), etc. Bei all den Tech Meet-Ups sind fast nur Männer.

Virtual Reality? Bolt? Neos & Flow? Music Information Retrieval? Rooftop, Brains & Barbecue?

Knigge für Männer-Events:

Erscheine da nie! als Blondinchen ohne Ahnung. Mach Deine Hausaufgaben. Wenn Du zu einem Tech-Meet-Up gehst, willst Du mitreden können. Es wäre ganz extrem unhöflich, einfach dahinzugehen, um einen Mann kennen zu lernen. Hausaufgaben machen, Hausaufgaben machen, Hausaufgaben machen. PS: Auf diesem Portal findest Du auch ziemlich viele Events, welche nicht völlig technisch sind. Oder sogar völlig un-technisch. Aber immer sind die Männer in der Überzahl.

Alles nicht Dein Ding? Da kann ich nur sagen, bei der letzten Milchbauern Demonstration war keine einzige Frau. Da war gar niemand außer den Milchbauern selber. Ein Milchbauer nach dem anderen muss aufhören und allen ist es egal. Ein ungewöhnlicher Ort, um Menschen kennen zu lernen, zugegeben, aber wenigstens hättest Du Deine Zeit sinnvoll (und unter Männern) verbracht.

Erlaubte Sinnesfreuden:
Neue Menschen in Deine neue Agenda eintragen. Lachen. Philosophieren.

Tech Talk. Sich austauschen, noch mal lachen.

Und falls ein schöner Mann vom Himmel fällt, oder ein interessanter,

sprich ihn an. Iss was Du willst und genieße den Abend.

Verbotene Substanzen:

Den Ex erwähnen.

Du kennst den Zauberspruch

„das ist Schnee von gestern", strahlend lächelnd.

„Glücklich getrennt".

„Ich habe ein neues Leben begonnen".

Glückskeks des Tages:

Wenn Freude/Freunde nicht vom Himmel fallen, steige auf die Leiter und pflück

sie Dir.

Tag Zwei

Entdecke Dich neu

Man nehme:

- Ein Glas Weißwein
- Einen Handspiegel
- Einen Schlüssel um sicherzustellen, dass Du ungestört bleibst, somit:
- Verschlossene Türen (stell Deine Kinder bei Deinen Freunden ab – heute brauchst Du mal einen Moment für Dich alleine)
- Ein bisschen Stoff, je durchsichtiger desto besser
- Ein Handy
- Die schöne neue Festplatte
- Musik

Tür zu, Kinder weg?

Dann kann es losgehen ;-)

Nimm den Handspiegel und schau Dich an.

Nein, nicht nach dem Problemzonen-Motto.

Aufgabe heute: Finde alles an Dir, was schön ist und genieße es: Deine Lippen, die Härchen auf Deinen Armen, ein Leberfleck, die Wölbung deines Hinterns, die Form Deines Ohres, Dein Schlüsselbein, Deine lackierten Zehennägel? Finde es raus. Hab Mut. Erfreue Dich an Dir selbst und nimm Dein Handy.

Aber bevor Du den Braten in die Röhre schiebst... Pack das Geschenk ein!

Lege ein Stückchen Spitze auf Deine Schulter. Eine Kirsche neben den Bauchnabel. Wenn Du schöne Lingerie hast, zieh sie an und Deine schönsten Schuhe auch. Selbst wenn Du nur Deine Waden fotografieren möchtest. Man spürt es einfach, wenn Du Dich schön fühlst.

Lächeln und knipsen was das Zeug hält. Mach mindestens 33 neue Fotos.

Erschöpft? *Gönn Dir eine Pause.*

Zeit, die neue Festplatte einzuweihen.

Du willst ja nicht, dass eine Nichte/Tante/Großmutter sich Dein Handy schnappt und die Fotos sieht. Schön ordentlich auf der neuen Festplatte ablegen und im Handy löschen. Gibst Du ihr einen Namen? Deiner schönen neuen Festplatte, Schatztruhe der Freuden?

Verbotene Substanzen:

Intimfotos mit Gesicht.

Goldene Regel:

Entweder oder.

Geschafft? Du hast Dir eine Belohnung verdient!

Vielleicht hast Du nach der heutigen Session glücklich gestrahlt, vielleicht bist Du in Tränen ausgebrochen. Beides ist anstrengend.

Her mit dem Wein. Proste Dir selbst im Spiegel zu. Lust auf Schokolade? Laut zu singen? Eiscreme? Lasagne?

Und jetzt schau Dir in Ruhe die Fotos an.

Der erste Schritt auf dem Mond ist ein Klacks im Vergleich zum heutigen.

Also genieße, schlemme, feiere oder ertränke Deinen Frust. Alles ist erlaubt.

Falls Du heute nicht mindestens einmal gelächelt hast, zurück auf Start und noch mal von vorne...

Glückskeks des Tages:

Jede Frau hat ihre Schokoladenseite. Auch Du ;-)

Tag Drei

Ein Lächeln kostet nichts

Iss was Du willst und genieße den Tag!

Während Deines Alltags, in der Arbeit, beim die Kinder in die Krippe bringen, mit der S-Bahn in die Arbeit fahren, beim Abwaschen, denke immer an die drei schönsten Stellen Deines Körpers. Stelle Dir vor, ein Bewunderer dürfte sie verehren. Wenn Du einen attraktiven Mann siehst, egal, welchen Alters, schau ihm in die Augen und denke, wenn Du wüsstest…

Exercise of the Day: *Lächle.*

Verschenke Dein Lächeln.
Lächle heute drei Menschen an. Das kann ein Kind sein, eine alte Frau, ein Ehepaar.
Einfach so.
Direkt ins Gesicht schauend. Wenn es Dir leichter fällt, benutz einen kleinen Satz, wie „schöner Mantel", „sonniger Tag heute, nicht"? Ein Kompliment zu vergeben kostet nichts, ein Lächeln zu verschenken auch nicht, aber Du wirst sehen, es wird Dich bereichern.
Und was wenn jemand fragt, was wollen Sie denn?

Nichts leichter als das. Sag einfach: „Hab gute Laune, sorry".

Verbotene Substanzen:

Konstantes Handyglotzen. Wir alle lieben es. Handyglotzen kannst Du zuhause und in der Arbeit (wie wir alle wissen). Es ist Zeit, Deine Umwelt wieder wahrzunehmen. Lebensfreude, die Sonne genießen, die Blätter rascheln und den Schnee fallen hören, entdecke die sympathischsten Menschen auf der Straße, die schönsten Männer in der U-Bahn und im Baumarkt. Da solltest Du vielleicht öfters hingehen...
Auf dem Weg in die Arbeit, draußen im Supermarkt, an der Haltestelle. Was für Schuhe tragen die Männer um Dich herum? Müsstest Du nach Schuhen einen Liebhaber wählen, welchen würdest Du wählen?
Welches Outfit findest Du cool an einem Mann? Welchen findest Du gut angezogen? Was erzählen Dir die Gesichter?
Würde der Bus, die U-Bahn, der Autotross gestoppt für 24 Stunden, mit wem würdest Du reden wollen? Wem könntest Du vertrauen? Mit wem würdest Du erste Hilfe leisten wollen, wenn jemand ohnmächtig wird? Mit wem die letzte Apfelschorle teilen?
Und wenn Du dieses Ich-nehme-die-Menschen-um-mich-rum-wieder-wahr-und-lächle ein paar Tage lang geübt hast, vielleicht sieben Tage oder so: Hat jemand Dein Lächeln erwidert?

Warst Du beim zweiten Internations/Tech-Meet-Up-Abend?
Wenn nicht, nix wie hin: Ziel ist es, Menschen wieder zu sehen. Solange, bis ein oder zwei davon Dich lächelnd begrüßen. Sich freuen Dich zu sehen und dies auch zeigen. Deinen Namen lächelnd singen,

garniert mit „Schön, Dich wieder zu sehen".

Bade darin. Genieß es.

Vermeide den Gedanken, dass Dein Ex Dich seit Ewigkeiten nicht mehr so freudig begrüßt hat. Leiden war gestern. Jammern tabu.
Trinke diese Momente, hol Dir mehr davon. Leg sie in Deine persönliche Schatztruhe. Und die gilt es bei der Phönix-Diät zu füllen.
Sammle Telefonnummern von sympathischen Menschen, verabrede Dich ganz locker. Nicht mit dem Ziel, ein Date zu haben, sondern, um die Menschen wieder zu treffen, mit denen Du am meisten Spaß hattest, Du am meisten gelacht hast.
Zur Abwechslung heute kein Glas Wein, keine Pizza, sondern Ananas und leckere Beeren. Blaubeeren, Heidelbeeren, Erdbeeren (keine Sorge, solche Tage kommen in dieser Diät sehr selten vor).
Belohnung:

Der Joker

In anderen Diäten muss ein Diät-Tag dem nächsten folgen. Nicht hier. Du kannst zwischen Tag eins und zwei und drei und vier so viele Pausentage verstreichen lassen, wie Du willst. Du darfst Deinen eigenen Zeitplan gestalten, denn der Weg ist das Ziel.

Glückskeks des Tages:

Die Welt ist voller toller Männer. Du musst nur die Augen aufmachen.

Tag Vier

Endlich Shopping ;-)

Wir sind Frauen. Wie trist wäre eine Diät ohne Shopping.

Iss was Du willst und genieße den Tag.

Exercise of the Day:

Besuche mindestens drei Lingerie Shops.

Heute wirst Du nur ein einziges Produkt kaufen. Aber insgesamt musst Du mindestens sieben Teile anprobieren. Wage was neues, höre in Dich rein. Denke nicht daran, was ein Partner wollen würde, sondern, was Du sexy findest. Probiere Stiefel an, neue Materialien, folge jedem Impuls und genieße den Tag, jeden einzelnen Moment davon. Schau Dich im Spiegel an. Wage etwas anzuziehen, was Du noch nie anprobiert hast. Du bist frei. Du bist Single. Niemand sieht Dich. Also los Mädel. Die BeraterInnen in den Shops haben schon alles gesehen und werden nicht erröten.

Hast Du Spaß? Wenn nicht, zurück auf Start ;-)

Du dachtest, Du darfst eines der sieben Teile kaufen, die Du heute anprobiert hast? Weit gefehlt! Du bist noch nicht bereit.

Heute kaufst Du keine Lingerie, sondern ein Vibrations-Ei. Keinen Vibrator, sondern einfach ein Ei, das sich von selbst bewegt.

Such Dir eines aus mit Samtschachtel. In einer schönen Verpackung. Oder kauf Dir eine schöne Verpackung für Deine neue Freundin, das Ei. Und trage es heim wie einen Schatz.

Und dann genieße den Tag. Und lege das Phönix-Osterei unausgepackt in die Schublade, wo Du alle anderen Phönix-Schätze aufbewahrst.

Belohnung: *Vorfreude*

Wenn Du vor dem Schlafengehen noch mal alles Revue passieren lässt, in welchem der Teile hast Du Dir am besten gefallen? Hättest Du jetzt einen Lover, der gleich an der Tür klingelt, in welchem der anprobierten Outfits würdest Du ihn an der Tür begrüßen?

Wie, Du hast vor lauter Lingerie vergessen, Wein zu kaufen? Kein Problem, klingele Deine Freundin aus dem Bett und erzähl ihr von heute. Sie hat sicher auch eine Notfalltüte Chips im Schrank.

Wenn Ihr beide Euch heute Nacht keinen abkichert, solltest Du Dir

a.   Eine neue Freundin suchen

b.   Morgen lieber doch wieder Wein kaufen

c.   Unter dem Teppich schauen, ob sich Dein Humor vielleicht dort versteckt. Im Notfall betest Du zu San Antonio della Barba Bianca, er ist für Verlorengegangenes zuständig und hilft Dir sicher gerne bei einem so wichtigen Verlust.

Verbotene Substanzen:
Ei bleibt noch in der Schachtel! Weitere verbotene Substanzen: Gibt es heute nicht.

Erlaubte Freuden:
Alles was Du willst!

Glückskeks des Tages:

Gott hat die Welt in sieben Tagen erschaffen.
Das schaffst Du vielleicht nicht :-) Aber Dich selber neu erfinden? Das solltest Du
können. In sieben Wochen oder sieben Monaten. Wähle Dein eigenes Tempo.

Tag Fünf

Genuss

Hat Dein neuer Kopfhörer schon angefangen, Dein Leben zu verändern? Tanzt Du beim Staubsaugen? Lachst Du beim Abwaschen? Singst Du mit, während Du die Blumen gießt? Hörst Du Internetradio? Rhythmen aus der Karibik? Deinen lokalen Radiosender? Die Musik, die Dein Ex am liebsten gehört hat? Weg damit! Zeit für Deine eigene Playlist!

Wir alle haben unsere Lieblingsmusik. Aber...

Irgendwann wird wieder ein Mann in Dein Leben treten. Vielleicht für eine heiße, stürmische Nacht. Vielleicht für mehrere...

Phantasiereise Phönix Stil:

Der Tag ist gekommen. Du stellst Dir vor, Deinen Liebhaber zu begrüßen. Die möglichen Kinder/Hund sind bei der Freundin, mit der Du Dich in der Kinder/Hundebetreuung abwechselst. Welche Bettwäsche wählst Du? Willst Du Kerzen? Hast Du Kondome? In verschiedenen Größen?

Bei Verführung und körperlichen Genüssen geht es um Lingerie, geht es um Ambiente, aber vor allem um Dich. Heute darfst Du Dein Lieblingsszenario entwerfen:

Natürlich kannst Du Dich in der Dusche, auf der Rutsche eines öffentlichen Spas vergnügen, an einem See an dem plötzlich ein Segelboot aus dem Nichts um Mitternacht anlegen kann. Aber nach all den Jahren oder Monaten mit dem Ex bist Du jetzt das einzig Wichtige. Deine Träume.

Deine Phantasien. Zum ersten Mal nach Ewigkeiten. Buchst Du in Deiner Phantasie ein romantisches Hotel, oder machst Du Dein Zuhause zu Deinem Zauberschloss? Gestalte Dir in Deiner Fantasie Deine erste zukünftige Nacht nach Deinen Wünschen.

Heute geht es nur um das Ambiente. Google doch einfach Mal schöne Hotelzimmer in Deiner Umgebung. In welchem würdest Du gerne Deine erste Nacht der Leidenschaft in Deinem neuen Leben verbringen? Vergiss nicht, wir befinden uns auf einer Phantasiereise. Alles ist erlaubt. Wenn Du Dich in eine der Suiten verlieben solltest, kannst Du Dir immer noch ein schönes Sparschwein zulegen.

Lieber doch zuhause? Ist Dein Schlafzimmer Leidenschafts-tauglich? Ist es vielleicht an der Zeit etwas auszumisten? Schöne Bettwäsche zu googeln? Nimm Dir einen Abend Zeit für diese sinnliche Reise. Räkele Dich schon Mal gedanklich rein in das einladende Bett Deiner Wahl.

Und dann?

Fehlt noch die Musik.

Hast Du eine Liebesnacht-Playlist?

Wie, Du machst immer im Stillen Liebe? Oder vor dem Fernseher? Uppsikaluppsi. Leidenschaft zu Musik trägt dich wie der Wind den Falken. Würdest Du etwas Romantisches wählen? Etwas Wildes?

Zu welcher Musik würdest Du gerne Liebe machen – Sex haben – Leidenschaft leben?

Exercise of the Day:

Erstelle eine Passion-Playlist.

Höre auf den Rhythmus, der Dir gefällt, der Dich erregt.

Für den Moment, an dem Du in Deiner neuen Lieblingsunterwäsche vor ihm stehst, oder ihr Euch gegenseitig auszieht. (Ja, ich weiß, dass Du Dein neues Lieblings-Liebes-Outfit noch gar nicht besitzt, wirst Du aber bald).

Bis zu dem Moment wo er geht. Was schreist du, er bleibt nicht über Nacht?

Mädel, Du bist im Anfängerstadion. Der erste Schritt auf dem Mond hatte eine riesige Bedeutung für die gesamte Menschheit. Du beginnst gerade erst, die ersten Schritte auf Deinem neuen Mond zu gehen. Und schon willst Du, dass alle Sternschnuppen nach Deiner Pfeife tanzen?

Nein, er bleibt nicht über Nacht, aber weil Du davon träumst:

Falls Du einen etwas exotischeren Musikgeschmack haben solltest, wie Hawaiianische Liebeslieder, klassische moderne Musik oder Obertongesang, give the guy a break! Du willst ja nicht, dass er schreiend nach sieben Minuten das Weite sucht.

Ran an die Playlist.

Ziemlich große Hausaufgabe, aber glaub mir, es lohnt sich.

Beginnst Du slow und steigerst langsam? Gibt es einen Song zu dem Du gerne einmal Dancing in the Sheets ausprobieren würdest? Kizomba, Urban, Pop?
Jetzt darfst Du Deinen sexy USB-Stick aus der Schachtel nehmen, denn hierfür ist er gedacht. Wer weiß, vielleicht findet Deine nächste schöne Nacht ja nicht bei Dir statt... Diesen Stick trägst Du ab heute immer in Deiner Handtasche, für den Fall der Fälle...

Erlaubte Substanzen:
Vorfreude. Musik zum Abwinken. Keine Zeit für Pizza heute, ein kleiner Cocktail vielleicht.

Glückskeks des Tages:

Hab Sonne im Herzen & Musik in der Tasche,
dann ist Dir der Regen schnuppe.

Tag Sechs

Das fehlende Komma

Es gibt etwas in Deinem Leben, was Dich so richtig nervt? Immer wieder wütend macht?

Eine Kollegin, die immer ihre schmutzige Kaffeetasse auf Deinem Schreibtisch abstellt?

Eine Vorgesetzte, die dir alle 28 Tage den Monitor mit gelben Post-Its vollklebt, mit Ausrufezeichensätzen wie: Schon wieder Komma vergessen/falsch gesetzt!!!!!

Eine Nachbarin, die bei offenem Fenster Opernarien probt oder früh um sieben jeden Sonntag, wenn sie nach Hause kommt, voll IDM aufdreht (Intelligent Dance Music)?

Exercise of the Day:

Wenn es wieder soweit ist.

Egal, was es ist. Beobachte wie die Wut Dich erfüllt, wie falsch duftendes, schaumiges Wasser die Badewanne. Wie die Farbe das Ausmalbuch. Sich Dein Pulsschlag erhöht. Und wenn die Wut ganz von Dir Besitz ergriffen hat: Halte inne; fühle, wie die Wut in Dir tobt, wie eine Knackwurst in der Mikrowelle. Dich ganz beherrscht.

Und dann lasse sie ziehen, die Wut. So, wie die Sturmwolken während eines Gewitters irgendwann abziehen. Die schmutzige Kaffeetasse kommt, sie erfüllt Dich, halte inne, lasse sie ziehen.

Das gelbe Post-It auf dem Monitor. Es erfüllt Dich. Spüre die Wut. Und wirf es mit dieser Wut in den Papierkorb.

Klappt nicht?
Das Post-It ist im Papierkorb, aber die Wut noch in Dir?

Entschuldige wenn ich schallend lache. Selbstverständlich klappt das nicht beim ersten Mal. Wut klebt wie das Preisschild am Schnäppchen. Genau wie Leid. Lasse sie weiterziehen, wie das Stöckchen auf dem Fluss. Die Kaffeetasse kommt, die Kaffeetasse bleibt stehen. Bleibt stehen, erfüllt Dich, will nicht weiterziehen.

Halte es aus. Und dann lasse sie ziehen. Irgendwann wird sie ziehen.

Das Post-It kommt, das Post-It klebt, Du kannst es abziehen, Du kannst es ziehen lassen.
Der Wunsch nach Pizza kommt, der Wunsch auf Pizza geht. Du kannst ihn ziehen lassen.

Reingefallen! ;-)

Diese Pizza hast Du Dir reichlich verdient. Gönn Dir eine lila Pause, eine gewaltige mit Tiramisu und Cocktails danach.

Denn: Diese Aufgabe ist mit die schwerste. Wiederhole sie sieben Mal.

Willst Du der Wut erlauben, Deine Zeit zu besitzen, wie Hausbesetzer ein leeres Haus? Fülle Dein Haus mit schönen Dingen an. Die Wut wird klopfen, Du kannst ihr für ihr Interesse an Dir danken, dann schickst Du sie weiter, genau, wie man damals die hochschwangere Maria und Josef in Bethlehem weitergeschickt hat. Sorry, mein Haus ist voll, mit angenehmen Gästen. Sie, Wut, kann ich leider nicht aufnehmen. Aber bei meinem Nachbarn finden Sie sicher ein leeres Zimmer, wo sie sich einnisten können.

Die Kaffeetasse kommt. Die Kaffeetasse geht.

Das Post-It kommt. Das Post-It geht.

Es verdient Deine Aufmerksamkeit nicht.

Du hast ein neues Leben begonnen. Angefüllt mit Musik, einem Ei und den wunderschönen neuen Designer-Blumen-Samen-Bomben. Wut wegen Nichtigkeiten hat keinen Platz in Deinem neuen Leben. Raus damit aus dem Fenster, zusammen mit dem Teil, in dem Du Deinen Ex zum letzten Mal vergeblich verführen wolltest. Schmeiß es zum Fenster raus, verbrenn es oder lasse es einfach weiterziehen.

Reisende soll man nicht aufhalten. Wohnungsbesetzer nicht ewig dulden.

Diese Stunde, in der Du der Wut gehört hättest, kannst Du doch viel besser in Vorfreude schwelgen: Diese Stunde am Tag, die Du gewonnen hast, gehört jetzt Dir alleine. Bepflanze sie, womit Du willst. Mit der Vorfreude auf das nächste Paar Schuhe, einen schönen Mann, den Du bald kennenlernen wirst. Wie soll er aussehen? Schließlich willst Du Dir ein neues Leben backen. Der Freude an der Musik? Der Idee einen Blog zu schreiben? Eine Punk-Band zu gründen? Einen neuen Cocktail zu erfinden?

Zeit, die erste Blumensamenbombe zu werfen, die exotischen Pflanzensamen Tüten herauszuholen. Guerilla Gardening. Pflanz sie an einem grauen Platz ein, der Deinen Lieblingsort eingrenzt, im Vorgarten der giftigen Nachbarn, vor der Konsum Shopping Mall. Und in ein kleines bisschen Erde vor dem Haus einer traurigen Nachbarin vergräbst Du eine der schönsten Wurzeln. Vielleicht eine Gloriosa?

Es ist Winter? Na und? Dann erschaffe halt Eisblumen mit Deinem Atem an fremden Fenstern.

Glückskeks des Tages:

Dein Leben ist grau? Mach es Dir bunt!

Tag Sieben

Wettkampfschwimmen – Delphin

Nur weil Du mit Shopping beginnen durftest, dachtest Du, das hier wird ein Spaziergang?

Du hast das Bild im Kopf: Die Six-Pack-Männer in knappen Badehosen? Du denkst, Du darfst jetzt in Fantasien schwelgen? Welchen von denen, wie, wann, wo?

Weit gefehlt.

Du bist heute auf dem Startblock. Alle Konzentration auf dem kalten Wasser vor Dir, der Stoppuhr, der totalen Effizienz. Dem absoluten Fokus. Der Moment ist gekommen, die Stoppuhr rauszuholen.
Rauf auf den Startblock, gleich ertönt der Startschuss für Dich.
Sprich, vor Dir liegt der Kopfsprung ins kalte Wasser.

Verbotene Substanzen:
Zweifeln. Zögern. Zurückschauen.
Denn die Stoppuhr läuft.

Exercise of the Day:

Wie der Delphinschwimmer. Kopf hoch und durch. Totale Konzentration. Mut. Blick geradeaus. Ins kalte Wasser springen, einziges Ziel: die Zeit einhalten!

Luftholen.

Der Startschuss! Stoppuhr läuft!

Schritt eins:	Gehe auf OkCupid.com. Zweifel? Zurück auf Los! Einwände? Zurück auf Los! Konzentrier Dich endlich und bring Leistung!
Erlaubte Zeit:	Eine Minute.
Schritt zwei:	Melde Dich an (mit einer Deiner neuen Email Adessen).
Erlaubte Zeit:	Drei Minuten.
Schritt drei:	Wähle ein Profilfoto (eines Deiner neuen Fotos, nicht das Gesicht, keine entblößten Brüste).
Erlaubte Zeit:	Fünf Minuten.
Schritt vier:	Du machst Dir Sorgen, dass die Kopfsprunghaltung Deinen Bauch oder Deinen Hintern unschön zur Geltung bringen könnte (wie sehe ich jetzt gerade aus?). Zurück auf Los.
Schritt fünf:	Schreibe einen Profiltext (nicht mehr als drei Sätze).
Erlaubte Zeit:	Zehn Minuten.

Schritt sechs:	Schau Dir die Fotos der Männer an.
Erlaubte Zeit:	Fünf Minuten.

Fünf Minuten sind um? Keine Pause, es geht direkt in Runde zwei:

Wende am Beckenrand:

Während der Wende ist der einzige Moment, wo Du mental kurz folgendes verinnerlichen kannst: Du hast gesehen, dass man den Männern Sterne vergeben kann, sie als Favorit markieren kann?

Du hast verstanden wie das geht?

Schritt sieben:	Du darfst und musst mindestens drei Sterne vergeben. Punkt.
Erlaubte Zeit:	Fünf Minuten.
Schritt acht:	Kurz innehalten. Warst Du aufgeregt, hat Dir einer gefallen? Hättest Du mehr Zeit gehabt nachzudenken, hättest Du die Sterne anders vergeben?
Erlaubte Zeit:	Drei Minuten.
Schritt neun:	Du kriegst eine zweite Chance. Diesmal vergibst Du mindestens sieben Sterne.
Erlaubte Zeit:	15 Minuten.

Deine Inbox blinkt? Nicht hinschauen!

Deine Inbox blinkt nicht? Gut Ding will Weile. Vergib noch sieben Sterne.

Erlaubte Zeit: Sieben Minuten.

Tief durchatmen.

Und weiter.

Suchoptionen auf, Wunschoptionen ankreuzen. Hinter den Linien mit Kreis findest Du weitere Suchoptionen. Los: Kreuz alles an, was Dich anspricht. Und dann klick auf Suchen.

Stoppuhr an. Du hast elf Minuten, um noch mal sieben Sterne zu vergeben, unter denen, die die Suchmaschine mit Deinen ganz persönlichen Suchkriterien ausgespuckt hat. Ein bisschen wie an einem Überraschungs-Ei-Automaten.

Und jetzt?

Tief durchatmen. Laptop zu, OkCupid Verbot aktiviert für 48 Stunden.

Und ab unter die Dusche. Das war anstrengend genug. Ob Du Dich nach der Dusche für mehr Selfies entscheidest, eine Duftlotion, ein Gesichtspeeling, eine Runde joggen, oder einen Salat, ist Deine Entscheidung.
Falls Dich das Abenteuer mitgenommen hat, sei ein Rückfall erlaubt…
Schokolade, Steak, Risotto oder Sushi.Unter der Dusche, beim Eincremen, beim Schlemmen der Notfalleiscreme, geht Dir ein Gesicht nicht aus dem Sinn? Merk es Dir. Tough luck: Der Laptop bleibt zu!

UND: *Schweigepflicht.* Kein Wort zu den Girlfriends, noch.

Ein Traum ist wie eine Seifenblase.
Erzählst Du zu vielen zu früh davon, verbleibt an jedem ein Schimmer des Glanzes. Und Du stehst da, mit zerredetem Nichts.

Also genieß und schweige. Gräme dich nicht. Der Mädelsabend kommt bald. Aber für jetzt gilt – Indianehrenwort – halte Deinen Mund. Es geht um Dich und nur um Dich. Vorerst.

Wenn Du alles unbedingt jemandem erzählen willst, schreib eine Email pro Tag und speichere sie. Ohne sie abzusenden oder schicke sie an Dich selbst. Oder führ ganz altmodisch ein Tagebuch.

Goldene Regel:

Mädels zeigen sich Fotos ihrer Dates, Männer manchmal auch die Intimfotos aus WhatsApp Chats.

Deswegen:

Eine der neuen Email-Adressen ist für lockere Konversation und Deine Gesichtsfotos.

Die andere neue Email Adresse ist für Intimfotos, falls Du jemals welche verschicken wollen würdest. So können diese nie mit Deinem Namen oder Deinem Gesicht in Verbindung gebracht werden. Verschicke nie beides über denselben Account.

Ernster Rat:

Teile möglichst keine intimen Fotos auf den Portalen oder auf WhatsApp, Snapchat, etc.

Glückskeks des Tages:

Zögerndes Zweifeln während des Spiels macht Tore unmöglich.

And we want to score ;-)

Tag Acht

Mal was Neues

Du wachst auf.

Kann es sein, dass Du einmal nicht mit Gedanken an die schrecklichen Dinge aufwachst, die Dein Ex Dir angetan hat? Seine Neue? Sondern Du wachst auf voll prickelnder Vorfreude darauf, ob einer der Sterne Dir geschrieben haben könnte? Stellst Dir ein Date mit Deinem Favoriten vor? Hast sogar von einem geträumt? Hoffentlich lächelnd und das am frühen Morgen? Würdest am liebsten noch im Bett auf OkCupid gehen um nachzusehen?

Grins ;-)

Dann dreh Dich noch mal um und stelle Dir vor, der Tollste von allen hätte Dich angeschrieben. Wie es wohl wäre ihn zu treffen, mit ihm zu lachen, ihn zu küssen? Wenn Du denkst Du darfst jetzt gleich losrennen und den Laptop anschalten, oder auf dem Handy nachschauen. Weit gefehlt.

Nix da!

Geduld ist der Schutzengel der Porzellantruhe. In diesem Fall von Deiner Schatztruhe. Finger weg!

Vorfreude ist eine der schönsten Freuden, also zelebriere sie.
Falls Du dies überlesen haben solltest:
Vorfreude ist eine der schönsten Freuden, dem Geruch schmelzender Kräuterbutter auf Steak ähnelnd, also zelebriere sie.

Online Verbot für heute. Es warten neue Aufgaben auf Dich.

Exercise of the Day:
Heute wirst Du zum ersten Mal Dein Ei tragen. Am besten erst einmal zuhause. Beim Abwaschen. Beim Staubsaugen, beim Wäsche aufhängen. Es rutscht immer wieder raus? Wieder rein damit. So what? Beckham wurde auch nicht über Nacht zum Fußball Gott.
Trage es, gedulde Dich.
Was passiert mit Dir? Wirst Du erregt? Trage das Ei und schau wie Du Dich fühlst. Kleiner Hinweis: Es gibt das Ei auch als Fußball, als Football, als... Finde es selber heraus. Was für Selfies möchtest Du heute machen, das Ei tragend? Verändert sich Dein Lächeln. Deine Brustwarzen. Deine Laune?
Oder bist Du nur genervt, weil es immer raus rutscht? Keine Sorge, das wird schon. Das Ei wird ein sehr guter Freund von Dir werden.
Also noch mal von vorne, eine Runde schaffst Du noch...

Erlaubte Substanzen:

Wein oder Salat oder Beeren, Deine Entscheidung. Vorfreude auf Deinen Favoriten. Auf die blinkende Inbox. Ein Eis aus Deiner Lieblingseisdiele mit so vielen Kugeln wie Du willst.

Genieße den Tag und wehe Du hast nicht einmal gelächelt.

Mach Dir einen Tee mit Blüten (siehe Bezugsquellennachweis), denn so beginnt gerade Dein Innerstes zu erblühen.

Und weil die erste Exercise of the Day sicher etwas nervig war, bekommst Du heute noch eine Aufgabe. Eine schöne, sogar eine sehr schöne.

Weißt Du noch, wie Du als Kind den Wunschzettel geschrieben hast? Und alles aufgelistet hast, was Du Dir gewünscht hast, fernab jeglicher Realität?

Genau dies darfst Du heute tun.

Ohne jeglichen Realitätsbezug.

Wenn Du Dir Dein Traumdate backen könntest, wie sollte er sein? Wir sprechen hier nicht von möglichen verschwitzten, verschmitzten Danach-Aktivitäten. Sondern ganz einfach von der ersten Verabredung.

Wie soll er aussehen? Riechen? Über was würdest Du am liebsten reden? Lachen? Was willst Du bewundern können? Soll er die Rechnung zahlen oder Du? Geht Ihr essen, Cocktails trinken oder lieber Rollerblades?

Raus mit den Stiften. Heute darfst Du Dir alles wünschen, was Du möchtest.

Schau, dass Dein Wunschzettel lang wird, bunt und unbescheiden ;-)

Wenn Dich hierfür ein Cocktail beflügelt, bestelle Sex on the Beach. Sandwichkrümel im Bett nicht vergessen. Carpe Diem ist das Motto der Diät. Hungern können die anderen. Wir sind hier, um das Leben zu genießen.

Den schönen langen bunten Wunschzettel hebst Du auf. In der Phönix-Schatztruhe oder besser noch in der Schublade der schönen Dinge. Denn bald wird die Schatztruhe voll sein.

Glückskeks des Tages:

Das Gelbe vom Ei kann auch lila sein.

Tag Neun

Ran an den Speck!

Endlich ist es soweit:

Gleich darfst Du Deine OkCupid Inbox aufmachen. Aber vorher halte inne, bade noch einmal in der Vorfreude. Stoppuhr läuft. Fünf Minuten lang darfst Du in diesem Schaumbad träumen.

Auf welchen der Favoriten freust Du Dich am meisten? Und warum? Stell Dir vor, er hat geantwortet. Stell Dir vor, er lächelt Dich an. Er bringt Dich zum Lachen. Streift beim Begrüßungskuss Deine Wangen. Er küsst Dich?

Du kennst Dich mit Online-Dating bestens aus und willst das Kapitel überspringen? Lies weiter. Phönix-Style is different.

Fünf Minuten sind um.

Zeit, auf den Startblock zu klettern und ins kalte Wasser zu springen, mal wieder.

Szenario Eins:

Dies ist eine Diät. Wir beginnen mit dem Alptraum.

Du sitzt in einem Fünf-Sterne-Hotel. Mit den knusprigsten Croissants, dem leckersten Lachs, den knackigsten Rösti, dem traumhaftesten

Chablis, jemand anderes zahlt die Rechnung und Du wirst aus dem Traum geworfen, ohne auch nur einen klitzekleinen Leckerbissen des echten Büffelmozzarellas gekostet haben zu dürfen?

Das schlimmste Szenario:

Keine einzige Nachricht? Du bist im Papierkorb gelandet? Jemand hat Dich gelöscht?

Dir gesagt, Du seiest viel zu alt, zu dick, zu Gott weiß was?

Sprich, vom Pferd geworfen, blaue Flecken, blutige Knie, gestauchter Knöchel? Gleich beim ersten Mal?

Na und? Wieder rauf aufs Pferd. Krönchen zurechtrücken, lächeln, weitermachen.

Goldene Regel:

Abgeworfen. Wieder aufsteigen.

Vergib gleich noch mal Sterne. Diesmal 21. Zeit: Eine halbe Stunde. Auch andere Mütter haben schöne Söhne. Halte Dich diesmal bitte an die Suchkriterien Deiner Favoriten. Du bist jünger/älter als sein Wunschalter? Finger weg! Er steht auf mollige Frauen, Du bist dünn? Nicht als Favorit markieren, auch wenn der Finger noch so juckt. Next. Er redet gerne über Politik, Du lieber nicht? Weiter. Solange Du aber seinen Suchkriterien entsprichst, darfst Du so viele Sterne vergeben, wie Du willst. Werde mutiger, probiere was Neues aus. Du stehst auf Schwarzhaarige? Verteile mindestens fünf Sterne an Blonde.

Und wundere Dich nicht. Viel mehr jüngere Männer als man glaubt, interessieren sich für ältere Frauen. Vielleicht nicht zum Heiraten, aber um Spaß zu haben allemal.

Und Du bist hier nicht, ich wiederhole: nicht! auf der Suche nach einem Ehemann/Boyfriend.

Wiederhole die Übung so lange, bis Dir einer schreibt, dann lies weiter.

Szenario Zwei:

Du sitzt in einem Fünf-Sterne-Hotel. Aus all den Köstlichkeiten hast Du ein Chateaubriand mit Röstkartoffeln, Kräuterbutter und einen schweren dunkelroten Wein gewählt? Jemand anderer zahlt die Rechnung. Und Dir läuft schon das Wasser im Mund zusammen.

Und der Kellner kommt endlich, Chateaubriand ist leider aus, aber ich habe Ihnen stattdessen unser Rehgeschnetzeltes mit Spätzle gebracht…

Jetzt kannst Du leiden auf höchstem Niveau, oder einfach umswitchen und genießen. So ein Rehgeschnetzeltes hat auch was für sich und kann end-lecker sein. Auf Schweizerdeutsch uuuhuereguet.

Deine Inbox blinkt, aber der Falsche hat Dir geschrieben? Dies ist Deine erste Nachricht, egal, von wem sie ist. Das OkCupid-Roulette hat sie Dir beschert. Also lösche sie nicht.

Das Leben ist wie Turmspringen. Übung macht den Meister. Also noch mal von vorne, noch mal 21 Sterne vergeben. Halte Dich brav an die Suchkriterien der Männer. Werde mutiger. Du stehst auf große Männer? Vergib fünf Sterne an Kleinere. Du stehst auf gebildete Männer? Such Dir fünf appetitliche aus, die ungebildet sind. Du willst nicht heiraten, Du willst Spaß haben. Nimm Dir Zeit so viel Du willst.

Goldene Regel:

Achte den Zufalls-Gott, das Roulette des Lebens. Die schönsten Dinge in seltsamster Verpackung können für Dich vom Himmel fallen, zum falschesten Zeitpunkt. Weg mit der Schere im Kopf. Probiere was Neues.

Szenario Drei:

Du sitzt in Deinem Lieblingslokal, Dein Lieblingskellner ist da und Du wählst Dein absolutes sündhaft-göttliches Schlemmermahl? Scampi Saganaki, Lammkotelette mit Gratin Dauphinoise?

Und es duftet köstlich, als es Dir serviert wird, lächelnd, Dein Lieblingskellner begeistert, Deine Freude zu teilen? Und dann:

Sind die Scampi labbrig oder viel zu wenig? Das Lammkotelette kleiner als erträumt? Trockener? Der Gratin wässerig?

Genau so ist das reale Leben. Genau so sind Messages von Online-Portalen. R E A L.

Dein absoluter Favorit hat Dir geschrieben? Und beim Lesen verwandelt sich Dein strahlendes Vorfreude-Lächeln in ungläubiges Entsetzen?

Seine Nachricht ist voller Grammatikfehler und auf dem Niveau eines 12-jährigen Kindes? Kein Grund ihn zu löschen. Vielleicht hat er ja andere Qualitäten ;-)

Er will Dich für einen Kennenlern-Blowjob treffen? Papierkorb. Papierkorb. Papierkorb.

Er weint sich bei Dir aus? Wie schwer es ist, eine tolle Frau kennen zu lernen? Sein Leben war so schwer? Die Frauen so gemein? Papierkorb. Papierkorb. Papierkorb.

Du bist nicht hier, um einen Ehemann zu finden, aber auch nicht, um in Deiner heiligen Freizeit Kindergärtnerin zu spielen.

Szenario Vier:

Alles ist perfekt? Die Bruschetta? Der Wein? Die knusprige Forelle?
Dein Favorit hat Dich nicht nur geliked, sondern Dir geschrieben?
Seine Nachricht ist flockig-leicht, lustig, interessant, spannend?
Genau wie sein Foto?
Widme Dich völlig der Vorfreude.

Verbotene Substanzen:
Beschwipst antworten.

Erlaubte Substanzen:
Antworte noch nicht. Dies ist der Anfang eines Abenteuers. Antworten kannst Du immer noch zwei Kapitel später. Und falls es irgendwann im Desaster enden sollte, kannst Du immer noch zum Anfang dieses Kapitels zurückkehren.

Jetzt erst einmal Freude. Vorfreude. Mal Dir aus, wie das Date sein könnte. Genieß.

Goldene Regel:
Trotzdem die Pipeline immer schön gefüllt halten.

Für den Notfall. Du hast immer eine Tafel Notfall-Schokolade irgendwo versteckt? Immer ein kleines Nähset in der Büroschublade, falls ein Knopf abfällt?

Ab heute gilt: Du hast immer einen Plan B – sprich vorbereitete Dates in der Inbox. Wenn A Dich versetzt/enttäuscht, brauchst Du nur noch Date B zu treffen. Ohne Zeitverlust und ohne Zeit, Date A hinterher zu trauern. Denn:

 Glückskeks des Tages:

Wer braucht schon Notfall-Schokolade oder angenähte Knöpfe, wenn ein tolles Date wartet?

Tag Zehn

Das Chateaubriand

Ein Geschenk am Morgen vertreibt Kummer und Sorgen

Heute bekommst Du ein Geschenk von mir. Einfach so.

Jetzt, wo wir so schön mittendrin bei den Köstlichkeiten waren, Chateaubriand, Rosmarinkartoffeln, Tiramisu…

Wir kennen das Gefühl doch alle. Du kommst hungrig in ein Restaurant und nichts auf der Speisekarte lächelt Dich an, der Käse im Cordon Bleu ist geschmacksfrei, der Kellner pampig, der Wein zu warm. Miese Laune breitet sich aus. Deine Kinder ins Smartphone vertieft.

Kinder oder Erwachsene, ins Smartphone vertieft. Ich schwöre, sollte ich Dich jemals zum Essen einladen und Du klebst in Deinem Smartphone, egal, wie viele wir sind: Ich werde Dich höflich aber deutlich bitten zu gehen und zwar sofort, egal, ob das Essen schon gekommen ist oder nicht. Und wenn jemand anderes Dich einlädt, würdige es. Würdige die Einladung, die Gesellschaft, die Tatsache, dass Dich jemand zum Essen einlädt und zahlt.Halte inne.

Ich lade Dich ein, eben dieses Restaurant, eben jenes Cordon Bleu, eben jene Tischdecke, eben jenen pampigen Kellner aus anderen Augen zu betrachten.

Weißt Du, wie viele Millionen Menschen davon träumen, einmal, nur ein einziges Mal in einem Restaurant essen zu dürfen? Ein Leben lang davon träumen, über dem Hirsebrei, der Schale Reis mit einem Hauch von Soße gebeugt, seltenst einem winzigen Stück Fleisch.

Stell Dir vor, der Traum eines dieser Menschen würde heute in Erfüllung gehen. Dies ist ein Buch für Frauen, also darf heute eine Frau ihre Traumerfüllung erleben: Einen einzigen Restaurantbesuch im Leben. Wie aufgeregt und freudig ihr Herz schlägt, wie sie jetzt schon daran denkt, ihrer Familie davon zu erzählen. Jedes Detail saugt sie in sich auf. Die Stufen vor dem Restaurant, das helle Licht drinnen, so viele Glühbirnen, die Tischdecken, selbst die Stühle. Die sauberen Gläser, der goldene Wein.

Das Brot, wie schön es bricht und Butter – Wahnsinn – Butter ist da auch noch und man darf sie sich so dick aufstreichen, wie man will.

Und dann kommt die Speisekarte. Eine einzige Fülle.

Gleich mehrere Fleischgerichte. Und Salate. Und Suppen. Und Nachspeisen.

Welch Freude, jedes einzelne Gericht zu studieren, es sich vorzustellen, sich den Geschmack auf der Zunge zergehen zu lassen.

Die Toiletten, echte Toiletten mit samtigem Klopapier, fließendem Wasser, so rein. Einem Gästehandtuch. Die Seife. Tampons liegen in einer Schale. Alleine davon träumen Millionen Frauen.

Jahre später noch, über der Reisschale hockend im dämmrigen Licht, wo sie sich vielleicht nicht traut, auf die Toilette zu gehen, aus Angst vor den Männern, die draußen herumlungern. Wird sie von den bunten Vorhängen erzählen, der glitzernden Küche, den knackigen Salatblättern, den würzigen Kräutern. Dem riesigen, knusprigen Cordon Bleu – geschmacksneutral hin oder her.

Und von dem Tiramisu, so cremig, so schokoladig, so auf der Zunge zerfließend, jede Geschmackszelle zum Vibrieren bringend. Ein Traum, noch Jahre später zelebriert.

Bevor Du eintrittst, in das nächste Restaurant, *halte inne.*

Sei Pate für den Traum von einer dieser Millionen Träumender, nimm eine Einzige mit Dir, in Gedanken und wenn Du eintrittst, nimm den Raum wahr, das Licht, die Fülle der Speisekarte und erlebe jedes einzelne Detail für sie. Denn Du lebst gerade ihren Traum.

Werde Traumpatentante und zelebriere dieses riesige Geschenk.

Zelebriere die Tatsache, dass wir ständig das erleben dürfen, wovon Millionen anderer ein Leben lang träumen.

Und während Du den Traum einer anderen erfüllst, statt griesgrämig über dem geschmacklosen Cordon Bleu zu brüten, nimmst Du ja vielleicht nicht nur die Lampen wahr, das Licht, sondern auch andere anwesende Gäste.

Zurück zu den Dates:

Glückskeks des Tages:

Die schönsten Männer sind nicht auch immer die besten Dates.

PS:

Selbstverständlich darfst Du vor dem Umblättern noch Sterne vergeben und zwar so viel Du willst. Wir wollen ja schließlich die Fülle feiern.

Tag Elf

Der Schönheitstag

Heute bist Du die Königin.

Alles Ungesunde ausschwemmen und Detox: das ist unerlässlich für Deine Schönheit.

Zwingend logische Schlussfolgerung: Um Ungesundes ausschwemmen, also effizient detoxen zu können, muss man erstmal etwas Ungesundes zu sich nehmen. Nicht zu wenig, damit sich das Entgiften so richtig schön lohnt. ;-)
Keine Sorge. Kein Knoblauchtag.
Zeit für einen Mädelsabend ;-)

Das klassische Detoxen mit grünen Smoothies, Enthaltung und, um Altes hinter sich zu lassen, paar Erinnerungsfotos und ausgeleierte Tangas in die Mülltüte zu packen, dreimal zu verknoten und in die Mülltonne zu schmeißen, überlassen wir den anderen.

Detox Phönix-Style macht viel mehr Spaß ;-)
Lade Deine Freundinnen ein, geht in den Wald (ohne einen Waldbrand zu verursachen) und macht ein wunderschönes Lagerfeuer mit

saftigen Lammsteaks, scharfen Chorizos, duftenden Paprikas, wilden Waldbeerencocktails und noch wilderer Musik.

Genießt, bis Euch der Bratensaft von den geglossten Lippen perlt, das Kinn runter, der Rauch in der Nase beißt, die ersten Ameisen in Eure wohlgeformten Waden beißen und die Cocktails die köstlichsten Geschichten zutage fördern.

Alles aufgegessen?
Der heilige Moment ist gekommen ;-)

Packt die ausgeleierten Ex-Unterhosen aus und werft sie ins Feuer, die Fotos mit seinen süßen Grübchen, das Foto seiner Banane-Neuen gleich hinterher. Bis das Feuer noch mal so richtig schön auflodert. Schön, wie sich sein Foto langsam wellt und allmählich von den Flammen aufgefressen wird. Die alten Unterhosen dahinschmoren und sich weigern, das Zeitliche zu segnen, wie vorher die Gifterinnerungen in deinem Hirn.

Und jetzt spuck dreimal ins Feuer.

Los geht's. Euer Hexentanz kann beginnen. Eure persönliche Walpurgisnacht.
Wie, Ihr tanzt noch nicht? Um dieses Feuer muss getanzt werden, wild-frei, lachend, beschwipst, in absoluter Freiheit. Wie Indianer stampfend. Wild hüpfend. Urschreie ausstoßend. Bis in die Puppen. Oder bis ein empörter Jäger/Förster/Jogger Euch bittet zu gehen.

Verbotene Substanzen:

Tauschen der ausgeleierten Unterhosen oder der Fotos vom Ex. Aufgrund extensiven Hangovers sei eine kleine Pause genehmigt.

Erlaubte Substanzen:

Den Hangover zelebrieren. Die Ameise am Leben zu lassen, die in Deiner Unterhose mit nach Hause gekommen ist und sich in Deinem verkrümelten Bett des Nachtsnacks sehr wohlfühlt. Noch mal in den Wald gehen um sicherzustellen, dass keinerlei Abfall vom Fest liegen geblieben ist.

Verbotene Substanzen:

Die neuen Verehrer von OkCupid. Good things can wait. Laptop bleibt zu für 48 Stunden.

Du denkst, Du kannst einfach nur im Bett liegen und dem Hangover frönen?

Das darfst Du. Am Vormittag. Am Nachmittag aber ist Schluss mit dem Couch Potato dahinvegetieren.

So schaffst Du das Haifischschwimmerabzeichen nie. Nimm ein Aspirin oder iss einen Riesen-Bacon-Cheeseburger mit Pommes frites – die beste Medizin gegen Hangover.

Jetzt endlich beginnt der Luxus-Tag „Volles Verwöhnaroma" so richtig

Gönne Dir eine Pediküre, eine farbenfrohe Maniküre, eine Rundum Rasur-Waxing-Sugar… Ein Gesichtspeeling, eine Haarmaske. Wenn

Du reich bist, kannst Du das natürlich auch alles machen LASSEN. Aber dann bitte nicht in einem Spa voller Frauen. Finde Dir einen Hetero, der Dir eine Gurkenmaske auflegt, den Fußballen massiert.

Wie fühlst du Dich? Fehlt Dir das Selbstmitleid, das dem Ex-Nachweinen, das im Gestern verharren? Keine Sorge, bei jeder Diät gibt es Rückfälle, komm einfach mit, mach weiter und Du wirst sehen, dass die Sehnsucht nach Leiden, dem ewigen Gestern, dahinschmelzen wird, wie die Gletscher der Antarktis. Diametral-konträr zu den neu gefundenen Freuden.

Wie fühlt es sich an? Die Intimrasur? Die nachgefärbten Brauen, die Mandel-Joghurt-geschmirgelte Samthaut? Hast Du schon oder wirst Du noch? Jetzt, wo Du rundum basissaniert bist und ein kleines bisschen dem Leben näher, hast Du Dich schon vor den Spiegel gestellt? Lust auf neue Selfies?
In Deiner schönsten Unterwäsche?
Ah, ganz vergessen: Du hast ja noch keine. Und Du willst ja wohl Dein neues Leben nicht in Lingerie aus dem Zeitalter Deines Ex beginnen. Zumindest nicht die erste schöne Nacht.

Was ist wohl die Lösung?
Wieder rauf aufs Spinning Rad ;-) Eine Runde geht noch.
Denn noch fehlt das Wichtigste:

 Glückskeks des Tages:

Eine Frau, die sich schön fühlt, strahlt von innen.

Tag Zwölf

Ein Geschenk ohne schöne Verpackung?

Immer noch verkatert?

Hier trennt sich die Spreu vom Weizen.

Einige von Euch werden aufwachen, Hangover hin oder her und es gar nicht abwarten können, neue Abenteuer zu erleben. Sich in das Heute/Morgen zu stürzen voller Optimismus, die neuen Hammer Schuhe endlich einzuweihen…

Die anderen erwachen so richtig zerschlagen.

Ihr hattet wahnsinnig viel Spaß? Chipskrümel überall, aber Du fühlst Dich einfach nur

a a a a   l l l l l l   e   i i i i i i   n   e ?

Dein Ex hat Dich verlassen oder Du hast ihn wegen Grund a), b) oder c) rausgeworfen. Was echtes Neues hast Du aber auch noch nicht vorzuzeigen?

Bricht man sich den Fuß, geht man zum Arzt, der spricht im besten Fall beruhigende Worte und gipst den Fuß ein. Dein Gips für heute:

Hast Du Dir Gedanken gemacht, in welchem Outfit Du Deinen idealen Liebhaber empfangen möchtest, falls er denn an Deiner Tür klopft?

Wenn er denn an der Tür klopft?
Vergessen wir mal die coolen Rip-Jeans und das tolle Top, mit denen Du im Alltag den Leuten den Kopf verdrehst oder verdrehen willst.

Ich rede von Liebhaber-Outfits.
Ganz nackt in Strapsen? In einem Deine Brüste betonenden Bustier?
Dem pinken Lack-Mini?
Lasse Deiner Fantasie freien Lauf. High-Heels oder eher Over-Knees Stiefel?
Mit Massageöl oder ohne?

Wo, wenn er denn ankommt, und wie hättest Du gerne Sex? Auf dem Küchentisch oder lieber doch im Bett?

Geht Ihr in Deiner Fantasie eher erst was trinken oder trefft Ihr Euch gleich für Türpfostensex?
Hättest Du es gerne erst langsamer und dann schneller oder gleich zur Sache?

Schreib Dein eigenes Wunsch-Szenario, denn wenn Du nicht weißt was Du willst, wie soll der arme Amor Dir was Leckeres auswählen?

Sei konkret. Was wünschst Du Dir?
All inclusive.

Nicht Date-technisch wie beim letzten Mal. Was wünschst Du Dir Liebhaber-technisch?

Wunschzettel auspacken und ausfüllen. Prall wie einen Thanksgiving Truthahn.

Dein Wunschzettel soll unbescheiden, bunt und lang werden. Und Du darfst ihn erst nach dem Shopping schreiben, oder morgen. Das Leben ist stressig genug.

Freizeit Stress nicht Phönix Stil.

Stressilates überlassen wir den anderen.

Und jetzt geh schon endlich. Geh shoppen. Die Zeit ist gekommen ein Passion Outfit zu kaufen, damit Du es tragen kannst, wenn es soweit ist.

Genau wie beim ersten Mal. Besuche mindestens drei Lingerie Shops, probiere mindestens sieben Ensembles an. Doch heute kaufst Du kein Ei. Heute erstehst Du – frisch enthaart und mit lackierten Fußnägeln – Dein erstes Liebhaber-Outfit in diesem neuen Leben.

Wählst Du das Spitzen-Negligé? Den Straps-Gürtel mit Federn oder eher etwas im Leder-Look?

Das klassische Krankenschwestern-Set zieht Dich magisch an?

Weg mit der Schere im Kopf. Wage Wagemutiges. Öffne die Augen. Probiere Outfits an, die Du früher niemals auch nur eines zweiten Blickes gewürdigt hättest.

Niemand sieht Dich, die Beraterinnen in den Shops haben schon alles erlebt und werden nicht erröten, egal, was Du anprobieren möchtest. Das weißt Du doch jetzt schon.

Erlaubte Substanzen:

Sich sexy fühlen. Mut. Neugier. Prosecco. Ein Magnum Eis.

Verbotene Substanzen:

Selbstzweifel à la Ich-bin-zu-dick,-alt,-cellulitig-für-Lingerie. Aufgeben. Wenn Du schwächelst. Lasse Dich beraten. Von einer der Beraterinnen im Shop oder von Deiner besten Freundin.

Exercise of the Day:

Probiere, genieße, schwelge.

Wähle ein komplettes Liebhaber Outfit. Und kaufe es. Trage Deinen Schatz heim, leg ihn in die Passion-Schublade oder mach neue Selfies ;-)

Genug für heute.

Zeit für sweet dreams: Stell Dir vor, Dein idealer Liebhaber klingelt an der Tür. Wie es wäre, ihn in eben diesem neuen Outfit an der Türe zu begrüßen, stell Dir vor, wie er es – Dich – darin bewundert.'

Freust Du Dich schon darauf, das Outfit einzuweihen? Wie es wäre, darin bewundert und genossen zu werden?

Wehe Du lächelst nicht mindestens einmal ;-) Wenn nicht, wiederhole den Tag, bis Du einmal lächelst, nur für Dich.

Wenn du jetzt denkst, Ich komm wieder mit der Köpf-ne-Flasche-Masche, Pustekuchen. Auch Pizza steht nicht auf dem Plan.

Mach Dir einen leckeren Salat, mit gebratenem Hühnchen, spicy gewürzt, mit samtigen Olivenöl und den Gaumen erfreuendem Balsamico und jedes Mal, wenn Du Dir ein Stück Hühnchen in den Mund schiebst, denk an den schönsten oder attraktivsten Mann, den Du je gesehen hast und wie es wäre, ihn zu küssen.

Denk an die schönst-mögliche Reaktion auf Dich in Deinem neuen Outfit. Die schönste Reaktion auf Dein verschenktes Lächeln. Hast Du Sonnenschein verbreitet? Schien die Sonne auf Dich? Wird die Sonne bald auf Dich scheinen, genau so, wie sie den Tautropfen im Morgengrauen zum Wunder küsst?

Tautropfen lassen sich ohne zu urteilen auf Blättern nieder und wenn dann Lichteinfall, und Wunder der Schönheit des Tautropfens, sowie Intensität der Farben der Pflanze, egal, wie sie klassifiziert wird, zusammentreffen, dann ist der Moment magisch.

Glückskeks des Tages:

Sei der Tautropfen in seiner göttlichen Schönheit, die Pflanze die ihn trägt, der Betrachter, der innehält und staunt. Sei einfach und lasse diese Dreifaltigkeit ihre Wunder vollbringen.

Tag Dreizehn

Der schöne Eduard

In einer ziemlich schwierigen Zeit fiel mir mal ein Buch in die Hände. Es hieß „Der schöne Eduard". Und jeden Abend wenn ich ins Bett gegangen bin, sagte ich: Ich gehe jetzt mit dem schönen Eduard ins Bett. Trotz des persönlichen Dramas, hab ich mich jedes Mal drüber gefreut.

Und gelacht.

Ein bisschen so ist es mit den Favoriten. Selbst wenn Du schon mit ihnen schreibst. Bis Du sie nicht nicht einmal in Realität getroffen hast, sind sie wie ein ungelesenes Buch. So witzig sie sein mögen. So schön sie sein mögen. Nicht mehr und nicht weniger. Ein neues Buch kann sich als Reinfall erweisen, als langweilig, oder total spannend. Bis Du einen Favoriten nicht getroffen hast ist es, als ob Du von einem Buch nur den Klappentext gelesen hättest.

Bad news can wait. Bis der Traumprinz sich als Frosch entpuppt, darfst Du völlig frei sagen: Ich geh jetzt mit „Stefan, Chris oder Carl" ins Bett. Denn die Vorfreude auf ihn begleitet Dich ja. Schon schläft es sich ganz anders ein.

Und wehe Du lächelst nicht einmal ;-)

Exercise of the Day:
Anstatt zu warten, wer Dir schreibt, suchst Du selbst aus, wer Dir gefällt. Wer nicht wagt, der nicht gewinnt. Immer schön auf seine Suchkriterien achten. Noch bist Du Anfänger. Zu labil für Rückschläge, also vermeiden wir sie erstmal so gut es geht.

Heute darfst Du auch denen antworten, die Dir geschrieben haben.

Sei unbescheiden. Schreibe die schönsten, die tollsten, die spannendsten Männer an, die Du findest.

Was sollst Du denn erzählen, wenn Du zahnlos und faltig auf der Parkbank sitzt und Enten fütterst. Mein erster Mann, mein zweiter Mann? Neeeeeeeeeee, dazwischen gehören schon ein paar schöne Abenteuer. Und die schreibst Du Dir gerade selber.
Also ran an den Speck. Wer nicht wagt, der nicht gewinnt.

Verbotene Substanzen:
„Der antwortet mir doch nie".
Alles Komplizierte, alles Negative. Du erwähnst keinen Ex, keine schlechten Erfahrungen, keine Ängste. Ehemann-, Boyfriend- und Vatertauglichkeit checken verboten. Was Deine Freundinnen/Kolleginnen/Verwandten von Deiner Wahl halten würden, ist heute e g a l. Wurst. Bratwurst. Currywurst. Chorizo.

Komponier Deinen Satz.

Kurz, flockig und simpel.

„Schönes Foto" oder ein einfaches „Hi" mögen für den Anfang genügen.
„Meine Glühbirne ist kaputt, möchtest Du sie auswechseln?"
Oder geh auf seinen Text, sein Foto ein:
„Du stehst auf Chicken Masala, ich auch. Ich hätte da einen Geheimtipp".

Erlaubte Substanzen:
Alles, was gefällt! Der Typ, dem Du schreiben möchtest, schaut super aus? Na und? Auch die Schönen freuen sich über ein Kompliment. Der Typ, dem Du schreiben möchtest, ist zehn Jahre jünger? Solange Du seinen Suchkriterien entsprichst, wirst Du doch nicht für ihn entscheiden wollen. Wie retro ist das denn?

Wenn Du so richtig unsicher und schüchtern bist, konzentrier Dich erstmal auf die ganz neuen Mitglieder: „Viel Spaß hier" reicht für heute völlig.

Verbotene Substanzen:
Philosophische Aufsätze.
Listen von „ich erwarte".
Dein Kind erwähnen.
Übertriebenes Schwelgen.

Glückskeks des Tages:

Jeden Tag kommen neue Mitglieder dazu.

Tag Vierzehn

Das Seepferdchen

Shopping? Pausentag? Entspannung?
Hah!

Nix da.

Zeit, die Geschwindigkeit zu erhöhen.

Du hast Schwimmen gelernt. Ohne es zu merken. Ein bisschen wie beim Fahrradfahren, wo die Stützräder heimlich höher gestellt wurden.

Du kannst jetzt selber schwimmen. Noch nicht bis ans andere Ufer. Du bist erst ca. an Tag drei der sieben Tage, in denen Gott die Welt erschuf. Dein neues Leben ist noch lang nicht fertig gebacken, aber der Teig geknetet.Ich lasse Dich jetzt einfach alleine für eine Aufgabe und es ist keine einfache: Du kannst schwimmen. Du hast Dir das Seepferdchen-Abzeichen verdient.

Exercise of the Day:
Mach drei Dates klar.

Du hast richtig gelesen:

Drei Dates. Mit drei verschiedenen Männern.

Wie? Mit wem?

Deine Entscheidung.

Dafür hast Du genug Proviant in der Tasche. Du willst einen tollen Abend erleben. Lachen. Strahlen. Und glücklich heimgehen.

Verbotene Substanzen:

Ehemann-, Boyfriend-, Vater-, Liebhabersuche.

Für heute ist die Aufgabe einfach nur: Drei Dates. Drei tolle Abende.

Philosophie Phönix-Style:

Drei Dates. Drei tolle Abende. Widerspruch per se?

Wenn Du sieben Dates brauchst, um drei tolle Abende zu erleben, dann hab halt sieben Dates. ;-)

Muffensausen? Schieb sie weg, wie die Kaffeetasse oder das Post-It. Vielleicht hat er ja genauso Muffensausen wie Du.

Du möchtest nur einen schönen Abend erleben. Also drei um präzise zu sein.

Sei mutig.

Stell Deinen Favoriten eine einfache Frage:

„Die Sonne scheint, Lust auf einen Aperol Spritz?"

„Frühlingsfest: Achterbahn?"

„GameDev, Tech Talk, Meetup: Meet there?" Oder was auch immer Dir taugt.

Prinz 1 antwortet nicht? Frage Prinz 2.
Einladung a) funktioniert nicht, probier's mit Einladung b).
Prinz 1 will, aber erst in drei Wochen? Auf die hintere Herdplatte und den treffen, der sehr sehr sehr gerne gleich Zeit hat.

Wir treffen uns erst wieder, wenn Du Deine drei Dates in der Tasche hast. Nicht im Kalender. Sondern erlebt. Gelebt. Durchstanden.
Ich lasse Dich jetzt allein.

Kinder und Jugendliche können doch auch nur erwachsen werden wenn Du sie ab und zu alleine schwimmen lässt. Abenteuer erleben lässt. Mist bauen lässt.

Schwimme alleine. Baue Mist. Hab Spaß. Sei frei. Niemand schaut Dir über die Schulter.

Proviant für das Abenteuer (die Salami/Schokolade im Rucksack):
Date 1 war beschissen?
Konzentrier Dich auf Date 2.
Bei Date 2 hast Du Dich daneben benommen?
Schnee von Gestern, konzentrier Dich auf Date 3.
Die Uhr des Lebens lässt sich nicht zurück drehen.

Willst du Deine heilige Zeit damit verbringen, zu bereuen? Lässt sich doch eh nicht mehr ändern. Ersetz die bösen Erinnerungen lieber durch schöne Neue.

Für die drei Dates gilt:
Stoppuhr raus:
Du bist noch ein Seepferdchen?

Du hast genau 21 Tage, um die drei Dates in der Tasche zu haben. (Bedeutet erlebt).

Du bist schon Hai?
Mach die drei Dates in 14 Tagen klar (= Genossen, nicht geplant).

Du hast Dir schon das Totenkopfabzeichen an Deinen neuen Leopard-Slip genäht?
Wenn Du drei Dates in drei Tagen absolvieren willst, wie ein Marine Seal, hast Du den Reichtum der Vorfreude, dem völlig eintauchendem Genießen, des Nachhalls nicht verstanden.
Zurück auf Los.

Goldene Regel:
Vor und während dem Date: Nicht mehr als zwei Glas Wein, keinen Joint oder andere verbotene Substanzen.

Erlaubte Substanzen:

Date überlebt? Himmelhoch jauchzend oder zu Tode betrübt? Lauwarm dazwischen?

Egal, was: Danach darfst Du alles, was Du willst. Feier Dein Seepferdchen, wie auch immer es Dir beliebt.

Neue Männer anschreiben, neue Dates klarmachen ist kein Klacks. Jeder Vertriebler kennt die Tiefs. Strategie: Nicht aufgeben: Pipeline füllen. Optimistisch schauen. Sich als toller Hecht verkaufen, egal, wie leer die Agenda ist. Zieh Dir im Notfall ein paar Wie-fülle-ich-meine-Pipeline für Sales-Sieger Videos auf YouTube rein.

Zwischendurch: Baumarkt – Bar – Baseballspiele – Basketballspiele – Barbecue.

PS:

Bei Geschäftstreffen reservieren sich Männer ihren Platz in der Hackordnung ganz oben durch maskulines, selbstsicheres, optimistisches Auftreten.

Wie gehst Du auf ein Date zu? Schüchtern, mädchenhaft-lächelnd, oder selbstbewusst strahlend?

Ergo:

Verabrede Dich mit dem besten Date unter dem Es-hat-Spaß-gemacht-Aspekt ein zweites Mal, auch wenn es nicht gefunkt hat. Selbstbewusst, strahlend!

 Glückskeks des Tages:

Wenn Deine Kundalini-Schlange den Regenbogen küsst, wirst Du zur Sonne.

PS: Du weißt nicht was die Kundalini-Schlange ist? Ein Seepferdchen kann alleine schwimmen. Google es einfach. Beschäftige Dich damit. Erwecke sie und bring sie ohne mich zum Strahlen.

Tag Fünfzehn

Netflix

Du hattest Deine drei Dates?

Hast Du die Vorfreude darauf genossen? Das Sich-schön-machen? Dieses leichte Kribbeln? Schon wieder vergessen? Nicht so klug. Vorfreude ist die schönste Freude, also zelebrier sie beim nächsten Mal, im schlimmsten Fall hattest Du die Vorfreude, und die gehört in den Rucksack der schönen Momente des Lebens. In die Vorfreude Schatztruhe.

UUUUUUUUUUUUNNNNNNNNNNNNNNNDDDDDDDDDDDDD DD????????????

Wie war es?

a) Ein Volltreffer?

b) Semitoll?

c) Ein Desaster?

Je nachdem, wo Du Dein Häkchen gesetzt hast, lese die Message für die anderen auch. Kannst gleich kostenlos was mitnehmen für die Reise des Lebens ;-)

a) **Ein Volltreffer?**

Dann genieß! Schwelge. *Freu Dich aufs nächste Date.*

Einige Tage keine Pizzas oder zu viel Wein. Eher Schönheit, Baby-Tausch-Freundin organisieren, vielleicht die Wohnung etwas auf Vordermann bringen?

Die Vorfreude genießen.

Egal, was passiert, Du hattest ein tolles Date.

Also wähle eine der schönen Muscheln und leg sie in die Schöne-Nächte-Schale. Denn ab heute sammelst Du schöne Nächte (Abende zählen auch dazu).
Deine erste in diesem neuen Leben, was für ein Fest.
Wunderkerzen-abbrennens-wert.

Ich freue mich riesig für Dich.

Na klar brauchst Du eine wunderschöne Schale, um Deine persönlichen schöne Nächte Muscheln hineinzulegen, wie einen Schatz. Also lauf schon los, geh shoppen ;-)

Egal, was daraus wird:

Du hattest Deinen ersten schönen Abend.

Verdirb Dir die Freude nicht mit Zukunftsszenarien, konzentriere Dich einzig und alleine auf die Freude über einen tollen Abend und lasse sie Dir durch nichts trüben.

Viele andere hatten den nicht.

Einen besseren Start in das neue Leben gibt es nicht.

Eigentlich könntest Du direkt, ohne über das Los oder in das Gefängnis zu gehen, direkt zum nächsten Kapitel springen, aber nachdem auch die tollsten Prinzen sich manchmal nach dem dritten oder siebten Date in Frösche verwandeln, lies mal lieber weiter, nur für den Notfall.

Und egal was, egal wie:

Feier Dein erstes schönes Date. Deinen ersten tollen, strahlenden Abend.

Alleine in Deinem tollen Liebhaber-Outfit zu Deiner Passion-Playlist durch die Wohnung tanzend, durchnässt durch ein Sommergewitter tollend, oder mit einem Girlfriend-Get-together.

Zelebrier, Walpurgisnacht-Style.

b) **Semitoll?**

Sah er faltiger, dicker, glatzköpfiger oder älter aus als auf den Fotos? Hat nur über sich geredet?

Behandelt die Kellnerinnen wie Sklaven, hat Dein Allgemeinwissen abgefragt, oder hatte gefühlt einen IQ von sieben, hat ständig mit den Augenbrauen gewackelt oder ähnlich Schreckliches?

Hat den ganzen Abend seine Messages gecheckt, hat allen Frauen hinterhergeschaut, sieben Bier getrunken, sich sehr schnell verabschiedet etc.?

Hat eindeutig vorher was eingeschmissen, fühlt und benimmt sich Gottgleich, aus ihm sprudeln Superlative wie aus einem gebrochenen Wasserrohr? Und darfst ihm bewundernd zuhören ohne je zu Wort zu kommen?

Hat nach fünfzehn Minuten gefragt, ob Du mit zu ihm nach Hause willst, weil er unbedingt mit Dir Sex haben will. Und zehn Minuten später wieder und 20 Minuten später wieder?

Bedeutet das für Dich Top oder Flop?

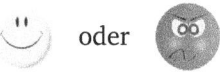

Nun, da Du auf semitoll geklickt hast, vermute ich, dass Du keinen atemberaubenden Sex hattest und

- Der langsamere Typ bist
- Gerne Sex hast, jedoch nicht mit diesem Typ
- Oder lieber selber die Frage stellst, wenn der Moment für Dich passt?

Mach die nächsten drei Dates klar. Innerhalb von 14 Tagen.

c) **Ein Desaster?**

- Er ist nicht aufgetaucht?
- War viel unmännlicher als auf dem Foto?
- Ein anderer als auf dem Foto?
- Langweilig, unhöflich, ungepflegt, müffelte, bossy, geizig?

Numerologie ist ein Thema für sich. Und heute Dein Motto.

Exercise of the Day für die c) Kandidatinnen:
Du wirst 3 x 3 = 9 Verabredungen klarmachen: Getreu dem Braut-motto: Altes, Neues, Gebrauchtes.

Drei mit neuen Dates: Vom Pferd gefallen? Pflaster auf die Wunden, Staub abschütteln, wieder rauf aufs Pferd. Mach drei neue Dates klar, auf genau dem Portal, das Dir die Date-Desaster beschert hat. Und geh hin, egal, was dabei rauskommen mag.

Drei mit alten Dates: Triff Dich mit Deinen Vor-dem-Ex-Verehrern, die Du damals abgewiesen hast, oder solchen, die Du verehrt hast, Dich nach ihnen verzehrt hast. Egal, was passiert, die Erfahrung sollte sehr interessant sein. Der Typ, dem Du Jahre hinterhergeschmachtet hast, ist aus Deiner heutigen Sicht keinen zweiten Gedanken wert? Der Typ, den Du damals aus Grund a), b) oder c) verschmäht hast, ist heute ein richtig toller Mann?

Wort zum Sonntag: Falls er in der Zwischenzeit gebunden/verheiratet/glücklich mit einer anderen ist: Finger weg.

Drei mit gebrauchten Dates: Sprich mit Männern, die Du beim Guerilla Gardening oder so kennen gelernt hast. Mit denen Du gelacht, diskutiert, getanzt hast. Einfach so. Muss ja kein echtes Date draus werden, aber triff drei von ihnen wieder. Ein netter Nachbarn, ein sympathischer Mensch aus dem Kindergarten. Treffen genügt, Flirten nicht Grundvoraussetzung. Menschen, die Du schon kennst, aber an die Du nie unter dem Date-Aspekt gedacht hast.

Fazit: Verabrede Dich mit insgesamt neun männlichen Menschen, die Dir guttun. Danach zurück zum Start dieses Kapitels.

Glückskeks des Tages:

Hast Du noch nie eine zu enge Jeans gekauft? Zu kleine Schuhe? Und trotzdem macht Shoppen Dir Spaß ;-)

Goldene Regel für alle

Zapper Oublier

Beim Netflix-Schauen ist es ganz einfach.

Eine Serie ist brillant, atemberaubend, spannend, irre lustig. Du schaust alle Folgen der Serie an, bis die Serie endet. So frustrierend dieser Moment auch ist.

Eine Serie ist schlecht, langweilig, oder Du hast alle Folgen gesehen. Es gibt keine weitere? Da klickst Du next. Mit der Fernbedienung. Ein Film ist schlecht. Fernbedienung her. Next. Nächster Film ohne zurück zu schauen. Das machst Du so lange, bis Du wieder eine Serie gefunden hast, die dir gefällt. Und die genießt Du dann. Sag mir nicht, dass Du das noch nie gemacht hast. Bei Netflix ist es so einfach. Eine Serie ist beschissen, langweilig, frustrierend oder einfach zu Ende? Her mit der Fernbedienung und eine neue tolle Serie aussuchen. Netflix bietet ja genug Alternativen für Jeden.

Vielleicht erwähnst Du die tolle/beendete/enttäuschende Serie irgendwann noch mal. Mehr aber auch nicht. Verschwende Deine heilige Zeit nicht damit, drüber nachzudenken oder zu grübeln, was war oder hätte sein können. Eine Romanze ist vorbei? Ein Date ist schlecht, klicke next. Wie mit der Fernbedienung. Netflix Style.

Der nächste Tolle wartet schon um die Ecke, Du musst Dich nur durch die Angebote zappen und den oder die finden, die Dich ansprechen, Dir

Lust machen, sie Dir genauer anzuschauen, genau wie bei den Netflix Serien.

Song of the Day:
Den Song Zapper Oublier findest Du auf www.phoenix-style.de

Zapper Oublier bedeutet:
Zapper = Mit der Fernbedienung weiter zappen.
Oublier = das Vorher vergessen.
Egal, was Dein Musik-Geschmack sonst sein mag, es gibt nur einen Zapper Oublier Song
und zu dem tanzt Du jetzt hoffentlich schon.
Sozusagen die

Phönix Hymne.

PS: Wenn Dir der Song gefällt, kauf ihn bitte aus Respekt vor den Künstlern.
www.raxinoar.com

Tag Sechzehn

PleasureAmmon

Heute findest Du einen Schlüssel, der eines der Tore zu Deinem neuen Leben öffnen wird.

Du denkst, Du weißt wie es jetzt weitergeht? Die nächsten drei Dates klarmachen? 21 Sterne vergeben? Dem heißen Typ in Deinem Lieblings-Café ein Kompliment machen? Eine Flasche Prosecco köpfen? Grins.
Weit gefehlt!
Naja, bis auf das Kompliment vielleicht. Einen tollen Mann sollte man immer ansprechen und ein Kompliment bringt niemanden um.

OK Girl ;-)
Du hast deine Dates gewählt. Lasse Dir das auf der Zunge zergehen. Du hattest die Wahl.

Als Du gewählt hast, wie hast Du gewählt?
Vergiss jetzt mal die negativen Aspekte während des Dates.
Im Moment der Vorfreude, warum hast Du mit Typ A ein Date klargemacht und nicht mit Typ B?

Hast Du Dich gewundert, warum Du 500 leere farbige Karten kaufen solltest?

Der Moment ist gekommen, um sie auszupacken und einzuweihen.
Raus damit. Für heute die orange farbigen und die hellgrünen.
Und Deinen schönen, neuen Stift natürlich.
Wir wollen ja Vorfreude zelebrieren ;-)

Wenn Du die leeren Kärtchen auspackst, spürst Du die Textur? Genießt Du die Farben? Die leere Fläche? Fühl Dich wie Kolumbus. Jedes einzelne leere Kärtchen ist wie ein unbekannter Kontinent. Eine unentdeckte Insel. Eine völlig neue Erfahrung. Und Du darfst sie zu Deiner neuen Welt machen, sie füllen, sie erobern. Du darfst jetzt wählen, was Du erleben willst. Welchen Kontinent Du entdecken möchtest.
In Kinderträumen tun sich Welten auf, auf einem leeren Hügel. Du bist jetzt der Welten-Kreierer. Der Traum-Erleber. Die die Welt neu Erschaffende.

Jedes einzelne leere Kärtchen darfst Du füllen. Mit all Deiner Fantasie. Wie ein Bekiffter, der die Wolken interpretiert. Wie ein idealistischer Architektur-Student, dem man ein Traumareal zur Verfügung stellt, um sein Wunsch Happy-Honeymoon Suite-Hotel zu entwerfen à la Sol y Luna Lodge.
Keine Grenzen. Alles ist erlaubt: Rein Date-Wunsch-technisch.

Exercise of the Day:

Schreibe auf jede der 21 orange farbigen Kärtchen je eine positive Date-Eigenschaft.

Wir reden hier von Dates. Nicht von Liebhabern.

Auf jedes Kärtchen eine Eigenschaft, eine Eigenheit, ein Merkmal.

Alles was Du Dir für ein ideales Date wünschst.

Stylische Frisur? Humor? Grübchen? Spielt Rugby? Steckt Dich mit seiner Burning Man Festival Begeisterung an?

Welche Eigenschaften wünscht Du Dir von einem Mann mit dem Du Dich zu einem Date verabredest? Wunschdenken. Lasse Deiner Fantasie freien Lauf.

Egal, ob schon mal erlebt oder frei erträumt. 21 orange farbige Kärtchen beschriftet?

Definitiv spätestens jetzt ist es Zeit für einen echten Erdbeer-Limes.

Was noch fehlt ist der Realitätscheck:

Was war denn der Haken am Date? Oder was könnte ein k.o. Kriterium sein?

Schreibe sieben Dinge auf, die Dich an Deinen Dates gestört haben, oder Dich stören könnten. Je eine negative Date-Eigenschaft auf eines der sieben grünen Kärtchen.

Verbotene Substanzen:

Ananas. Bauch-Beine-Po. Botox. Pilates.

Erlaubte Substanzen:

Fantasie, Wagemut, Humor. Ehrlichkeit.

Pleasure Ammon:

Es geht weiter. Spinning Round Two.

Rauf mit Deinem hübschen Popöchen auf den Hocker.

Die 21 positiven, orange farbigen Kärtchen liegen vor Dir.

Mindestens sieben negative, hellgrüne Kärtchen.

Und jetzt kombiniere sie ;-)

Wie im realen Leben:

Wenn ein Date

- *Schön*
- *Lustig* und
- *Intelligent* ist

welche negative Qualität würdest Du in Kauf nehmen? Geiz? Nervöses Zucken? Schreckliche Schuhe?

Wenn ein Date

- *Durchtrainiert*
- *Spannender Job*
- *Er lädt Dich großzügig ein* ist

welche negative Qualität würdest Du in Kauf nehmen?

Mundgeruch? Angeber? Langweiler?

PleasureAmmon Spielregeln:

Lege je drei positive Kärtchen und eine negative in eine Reihe. Beginne, die Kärtchen zu schieben:

Ziel: Sieben Vierer-Kombinationen.

Sieben von Dir kreierte ideal-reale Dates auf Deinem Küchentisch, auf dem Fußboden Deines Wohnzimmers, wenn Du keines hast, dann halt auf Deinem Bett.

Limes ausgetrunken? Mach Dir noch einen. Lippen benetzt? Musik beflügelt Dich?

Beispiele:

Körpergröße passt– tolles Aussehen – cooler Job – *verzieht ständig den Mund zur Schnute.*

Er bringt Dich zum Lachen – heißer Body – cooles Outfit – *Gesicht dafür naja, durchschnittlich.*

Gemeinsame Interessen – Einladung in tolle Location – köstlicher Humor – *ist kleiner als Du?*

Bringt Dir Blumen mit – kennt alle Deine Lieblingsfilme und Bücher wirklich – riecht sehr gut – *ist aber irgendwie nicht männlich genug.*

Bringt Dich mit einer tollen Überraschung zum Strahlen – Augen-schmaus – erzählt fesselnd – *sein politischen Ansichten sind inakzeptabel.*

Bergsteiger – Intellekt – Wahnsinns-Ausstrahlung – *verdient aber nur die Hälfte von Dir?*

Entspricht genau Deinem Beuteschema – endlich kein Sixpack son-dern so richtig schön fleischig muskulös – bezaubernde Stimme – *aber Ihr findet nichts, worüber Ihr reden könnt.*

Goldene Regel:

Vier Qualitäten sind vier Qualitäten.

Falls Du in der Vergangenheit vor oder nach dem Date eine Wunsch/Kritikliste von 28 Punkten akribisch aufgelistet oder in Deinem Kopf mit rumgetragen hast. Ihn nach dem Date in 28 Kritikpunkten zerlegt hast:

Heute darfst Du die Schere endlich einmal auspacken und benutzen. Nur ein kleines bisschen anders.

Wenn drei positive Eigenschaften erfüllt sind, für die Du eine negative in Kauf nimmst:

Dann sind alle weiteren Eigenheiten und Charakteristika IRRELEVANT!

In die Realität übersetzt würde dies bedeuten, wenn ein Date drei positive Date-Eigenschaften erfüllt, aber eben leider auch eine der negativen. Triffst Du Dich ein zweites Mal mit ihm. Punkt.

Wie sehen Deine Kombinationen aus?

Du hast so viel Zeit, wie Du willst.

Und danach. Handy raus, Resultat fotografieren. Ganz wichtig!

Und jetzt ab ins Bett, mit oder ohne Sandwich ;-)

Glückskeks des Tages:

Wen interessieren Dornen, wenn der Rosenstrauch voll blüht?

Tag Siebzehn

Der Jojo-Effekt

Wer schafft schon eine Diät ohne Rückfall?

Du hast Deinen Ex mit seiner Neuen auf der Straße getroffen, beide glücklich turtelnd?

Du hast einen Brief vom Anwalt bekommen und weißt nun, dass Dein Ex versucht, keinen Unterhalt zu zahlen, obwohl er Geld hat? Dein Lieblings-Date, in das Du Dich verschossen hast, meldet sich nicht mehr? Hat Dich auf WhatsApp gelöscht? Auf dem Portal grinst Dir hämisch ein Papierkorb entgegen? Ohne Ciao, ohne Begründung, einfach so gelöscht?

Da ist guter Rat teuer.
Erst einmal: Ja, offiziell bestätigt: Du hast einen Rückfall!
Zweitens: So what? Das gehört dazu im Leben. Der Weg ist das Ziel.
Drittens:

Carpe Diem, lebe den Tag.

Verbotene Substanzen:

Hände weg vom Handy. Keine weinerlichen oder beschuldigenden SMS oder Messages oder Emails im rotweingeschwängertem Leidenssumpf. Schreib eine ellenlange Email wenn Du willst, aber schick sie nicht ab!

Erlaubte Substanzen:

Bade im Leid. Du hast genau 24 Stunden dafür.

Solange Du weder Deinen Ex kontaktierst, noch deinen neuen Schwarm, der Dich gedisst hat, ist alles, aber auch wirklich alles erlaubt: Wein, weinen, jammern. Heute und nur heute darfst Du über Deinen Ex (egal, ob es der alte ist oder ein ganz frischer) schimpfen, so viel und so lange Du willst. Egal ob Du mit Eiscreme Deine Lieblingsserie schauen möchtest, um so richtig zu heulen, oder ein SOS Treffen mit Deiner besten Freundin verabredest.

24 Stunden kannst Du heulen, jammern, lästern, im Selbstmitleid baden, Deine persönliche Klagemauer voll klagen, unter der Bettdecke drei Tafeln Schokolade mampfen. Vielleicht noch einen Swimmingpool?

Spiel 28 Mahjong, um die Zeit zu überstehen, bau Dir einen Online-Bauernhof oder geh ein paar Pokemons suchen.

Schnarch schön. Lasse die verheulten Taschentücher, die leeren Take-Out-Überreste und Weinflaschen ruhig stehen. Aufräumen kannst Du morgen immer noch. Heute widmest Du Dich einzig und alleine dem Leiden.

Sorry, Kontaktverbot für die betroffenen Personen gilt für sieben Tage.

Weisheit des Tages: Wenn schon leiden, dann gescheit.

Mea Culpa:
Vielleicht war ja auch einfach nur das Phönix Tempo zu schnell für Dich. Vielleicht liegt die schreckliche Trennung noch zu kurz zurück. Vielleicht ist das Eis noch nicht dick genug.

Im Engadin können die Pferderennen auf dem gefrorenen See nur ab einer gewissen Eis-Dicke stattfinden. So traumhaft schön es ist, auf dem smaragdgrünen Eis Schlittschuh zu laufen, welches kracht und stöhnt wie ein turtelnder Wal, so grundlegend wichtig ist es, die Stellen zu meiden, an denen das Eis noch zerbrechlich ist.
Auf der einen Seite geht es also um die Stärke des Eises, des den richtigen Weg über das Eis wählen, auf der anderen Seite geht es um die Achtsamkeit der Schritte.

Hättest Du heute das chinesische Münz- und Schafgarben-Orakel I Ging befragt – ein purer Quell der Freude – könntest Du diesen Orakelspruch bekommen haben:

64. We Dsi - Vor der Vollendung

Das Urteil
Vor der Vollendung. Gelingen.

Oben Li, 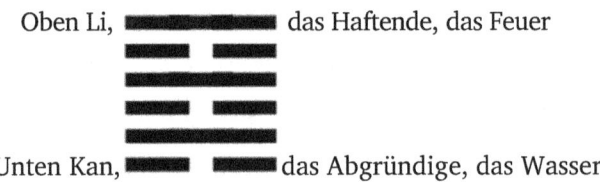 das Haftende, das Feuer

Unten Kan, das Abgründige, das Wasser

Wenn aber der kleine Fuchs, wenn er beinahe den Übergang vollendet hat, mit dem Schwanz ins Wasser kommt, dann ist nichts, das fördernd wäre.

Die Verhältnisse sind schwierig. Die Aufgabe ist groß und verantwortungsvoll. Es handelt sich um nichts Geringeres, als die Welt aus der Verwirrung in die Ordnung zurückzuführen. Dennoch ist es eine Aufgabe, die Erfolg verheißt, da ein Ziel vorhanden ist, das die auseinanderstrebenden Kräfte zu vereinigen vermag. Nur muss man zunächst noch leise und behutsam vorgehen. Man muss vorgehen wie ein alter Fuchs, der übers Eis geht. In China ist die Vorsicht des Fuchses, wenn er über Eis geht, sprichwörtlich. Er horcht stets auf das Krachen und sucht sich sorgfältig und umsichtig die sichersten Stellen aus. Ein junger Fuchs, der diese Vorsicht noch nicht kennt, geht kühn drauflos, und da kann es vorkommen, dass er hineinfällt, wenn er beinahe schon über das Wasser ist, und seinen Schwanz nass macht. Dann war natürlich die ganze Mühe vergeblich. Dementsprechend ist in Zeiten vor der Vollendung Überlegung und Vorsicht die Grundbedingung des Erfolges

(Zitat aus: I Ging, Buch der Wandlungen, Übersetzung von Richard Wilhelms)

Sei wie der alte Fuchs. Lasse Dir Zeit beim Übergang in Dein neues Leben und vermeide Rückfälle, indem Du Deine Schritte achtsam wählst.

Seien wir doch mal ehrlich: Das Krachen des Eises ist im realen Leben auch im Sommer zu hören. Pass auf, dass der Fuchsschwanz nicht nass wird und sollte es doch mal passieren:

Glückskeks des Tages:

Her mit dem leuchtend roten Designer Fön, schon ist der Fuchsschwanz wieder trocken. Und weiter geht's ;-)

PS: Wie, Dein Fön ist schwarz? Das geht ja gar nicht. Wenn das Leben grau ist, mach es Dir bunt. Also geh und kauf Dir einen schönen, glänzenden, sinnlichen Fön für die Nasser-Fuchsschwanz-Momente des Lebens.

Tag Achtzehn

Samurai Style

Und um wirklich den Rückfall loszulassen, schwemm ihn aus. Entschlacke:

Kaffeetasse kommt, Kaffeetasse geht. Post-It kommt, Post-It geht. Liebeskummer kommt, Liebeskummer geht. Ex-Schmerz kommt, Ex-Schmerz geht, Bild von Süßi kommt, Bild von Süßi geht.

Wenn notwendig, leg einen Knoblauchtag ein. Aber da Du jetzt Seepferdchen Schwimmer bist, tun's zwei Ananas- oder Erdbeertage auch. Kein Alkohol für drei Tage.

Tränen getrocknet?
Knoblauch in der Tasche?
Leiden war gestern!
Kopfhörer auf, Lieblings-Playlist an.

Auf in den neuen Tag und wehe Du nimmst was von gestern mit über die Schwelle.

Zieh Dich besonders schick an, schmink Dich, weihe Deine neuen Schuhe ein (die von der Zutatenlisten). Vielleicht trägst Du das Ei? In der Zwischenzeit rutscht es ja nicht mehr raus ;-)

Es klappt noch nicht ganz?
Du klebst im Rückfall, wie in dem Film mit dem Murmeltier?
Du hast ein Mega-Hangover, schon wieder?
Deine Wohnung schaut aus wie ein Schlachtfeld, schon wieder?
Deine Augen verheult, schon wieder?

Wer war noch mal Dein Ex?
Aber der wunderschöne Alessandro mit dem supersympathischen Lächeln von OkCupid hat Dich auf WhatsApp geblockt. Und Du leidest? Das mit dem „Zapper Oublier" (schon die Phönix-Hymne vergessen? Weiterzappen und vergessen...) klappt nicht?

Schau Dir den Film „Love and other Disasters" an. Bis zu der „Fart Stage" Stelle. Und die ziehst Du Dir sieben Mal rein.

Du sprichst von Liebe und Ihr seid noch 1000km vom Fart Stage entfernt. Stell Dir doch die Fart Stage mit dem tollen Alessandro vor. Das sollte Dich ein bisschen runterholen.

Ein bisschen heilen.

Egal, was für eine Jammer-, Klage- oder was auch immer Email Du gestern geschrieben haben magst. Lasse sie in der Draftbox. Lies sie nicht.

Du hattest an dem Leidenstag einen kompletten Rückfall und hast es abgeschickt und fühlst Dich schrecklich deswegen? Tough luck. Mist gebaut ist nun mal Mist gebaut. Leider gibt es im Leben keine Lösch-Taste. Strg&Z steht nicht zur Verfügung. Falls die Mail an Deinen Ex war, wird es ja nicht die erste gewesen sein. Diese Beziehung ist eh schon kaputt, also Schwamm drüber.

Hast Du sie an Deinen neuen Schwarm geschickt, herzliches Beileid. Den kannst Du jetzt total vergessen (kein Jammern, keine Tränen mehr erlaubt).

Es ist geschehen. Der ist weg. Arrivederci Baby. Du musst ihn vergessen. Löschen in Herz und Hirn. Aus, vorbei.

Ein Samurai, ein Krieger, eine Amazone: Sie alle haben Schlachten verloren, vielleicht auch einen Tag danach geweint. Aber doch nicht drei oder gar sieben Wochen.

Klappt immer noch nicht?

OK. Schöne Schuhe heilen uns Frauen doch immer. Instant-Heilung. Nix da, kein Shopping Tag. Du sollst ja hier nicht zum Shop-Aholic werden. Aber wenn schöne neue Schuhe uns schon so verdammt wichtig sind, können wir uns ja vielleicht eine Scheibe davon abschneiden. Deine absoluten Lieblingsschuhe. Die, die Dich beflügeln, auf denen Du durchs Nachtleben fliegst, glücklich stolz strahlend. Genau um dieses Paar Schuhe geht es. Irgendwann sind sie ausgelatscht.

Irgendwann wackelt der Absatz, bricht ab. Und irgendwann kann der beste Schuster sie nicht mehr reparieren. Es folgt der tränenreiche Abschied. Die verzweifelte Suche nach Ersatz. Denn die tollsten Schuhe Deines Lebens lassen sich nicht einfach durch irgendein Paar Schuhe ersetzen. So kommt es meist erst zu einigen Fehlkäufen und irgendwann findest Du das neue perfekte Paar. Manchmal aktiv suchend, manchmal einfach zufällig. Irgendwann hast Du den ursprünglichen Traumschuh vergessen.

Du hast Dir Alessandro im Fart-Stage vorgestellt, jetzt stell ihn Dir doch einfach als den perfekten Schuh vor, der leider nicht mehr zu reparieren ist. Zeit für ein Paar neue Schuhe. Zeit für einen neuen Alessandro ;-)

Lächelst Du jetzt wenn Du die neuen Schuhe anziehst? Frei nach dem Motto ich trage heute den neuen Alessandro?

Vom Pferd gefallen, wieder aufsteigen:

Egal, wie toll Alessandro auch sein mag. Er ist nicht hier. Willst Du wieder Tage, Wochen, Monate mit warten, leiden und hoffen vergeuden?

Iss was Du willst und genieße den Tag.

Lege einen Ei Tag ein:

Diese Muskeln müssen trainiert werden. Bei dieser Diät sind es die einzigen Muskeln, die ich Dich bitten werde zu trainieren. Trage das Ei, spüre bewusst, wie Dein Körper darauf reagiert. Lasse es in Dir auf und ab gleiten, während Du im Bus sitzt, im Büro, an der Supermarktkasse. Deine Wirbelsäule wird sich aufrichten, Deine Augen glänzen, Deine Lippen voll durchblutet lächeln. Vielleicht sehen Dich nicht schon heute alle Männer an, konzentriere Dich auf Dich selbst. Fühlst Du Dich weiblicher? Sinnlicher? Begehrenswerter? Dieses Ei wird nicht Dein bester Freund werden, aber ein sehr guter.

Es bleibt nicht richtig drin? Flutscht raus? Du musst es immer zurückschieben? Dann üb lieber erst Mal zuhause weiter.

So what? Wenn Du Dich zum ersten Mal an einen selbstgemachten Apfelstrudel wagst, eine Sachertorte, den perfekten Braten, erwartest Du doch auch nicht, dass es beim ersten Mal klappt. Gönne Dir sieben Tage, um zu lernen, mit dem Ei umzugehen.

Dieses Ei ist Dein bester neuer Freund. Es sensibilisiert Dein Innerstes, Dein Heiligtum. Gönne Dir den Upgrade von Billigfluglinie in die VIP Lounge. Fliegen First Class wird die Belohnung für dieses Training sein. Trust me.

Alessandro?

 Glückskeks des Tages:

Lieber einen Spatz in der Hand als die Taube auf dem Dach.

Tag Neunzehn

Fernet-Branca

Du schaffst es einfach nicht?

Keine Sorge:

Wir sind alle nur Menschen. Heute keine Stoppuhr, kein Haifisch-schwimmen. Heute geht es auf die sanfte Tour weiter:

Reisen sind immer gut für einen Neuanfang, um wieder ins vorab gekenterte Boot zu klettern, wenn auch bibbernd und klatschnass.

Und so entführe ich Dich heute auf eine Reise.

Gehe über Rom nach Manhattan

Manhattan ist ja weit weg. In Anbetracht Deines Hangovers beginnen wir die Reise im schönen Italien. Nach einem besonders opulenten Mahl trinken die Italiener gerne einen Fernet-Branca. Da er die Verdauung unterstützt.
Nein, Du darfst jetzt keinen Fernet-Branca trinken. Du hast gestern genug für ein paar Tage getrunken.

Aber es ist Zeit für ein paar Herzens-Fernet-Brancas:

Exercise of the Day:

Laptop auf und drei neue Dates verabreden. Fernet-Branca Style.

Wenn Du über einen Ex, einen Schwarm, ein Date nicht hinwegkommst, mach drei neue Dates klar, zur Verdauung, so, wie die Italiener einen Fernet-Branca nach einem schweren Mahl trinken. Du könntest sie auch Den-Schwarm-vergessen-Dates nennen. Aber wehe Du sagst das den Typen. Und wer weiß. Theoretisch, wenn sich ein Frosch in einen Prinz verwandeln kann, dann sollte sich ein Fernet-Branca-Date auch in etwas sehr Leckeres verwandeln können.

Ich steh nicht so auf Prinzen, deswegen lassen wir diese Option hier mal aus.

Lasse diese Aufgabe erstmal sinken und geh Blumen gießen, Staubsaugen oder einen kleinen Spaziergang machen (vergiss Deine Kopfhörer nicht). Musik ist Seelenbalsam. Lächle ruhig jemanden an, auch wenn Dir dabei die Tränen übers Gesicht laufen.

Du hast keine Ahnung, mit wem Du Dich verabreden sollst? Deine Inbox ist leer? Kein Wunder, so eine Inbox füllt sich nicht von allein. Gut, sie füllt sich vielleicht von allein für uns Frauen, aber eben mit Männern, die Dich angeschrieben haben, wenn Du Glück hast. Willst Du passiv darauf warten, wer dir schreibt, wie früher die Frauen, die darauf gewartet haben, zum Tanzen aufgefordert zu werden?

Girls, wir schreiben das Jahr 2016!

Du kannst selber wählen. Selber die Pipeline füllen. Wählen, wer Dir für ein Date taugen würde.

Also ran an die Hausaufgaben. Es gilt, 21 Männer anzuschreiben. Nicht alle heute. Aber 21 in einer Woche. Und Du darfst wählen, wer die glücklichen 21 sein werden.

Erlaubte Substanzen:
In Männerprofilen schwelgen, den Schwarm löschen, schöne Männer anschreiben. Du entsprichst nicht seinen Suchkriterien? So what? Heute ist alles erlaubt. In diesem Fall sollte Deine Nachricht aber nicht was Lockeres wie „schönes Foto", „toller Text" oder „wünsch Dir viel Spaß, auch wenn ich nicht Deinen Suchkriterien entspreche" überschreiten. Du willst Dir ja nicht gleich die nächste Abfuhr einfahren.
Sushi, Sashimi, Salat, Sekt.

Wenn Du seinen Suchkriterien entsprichst, darfst Du heute alles schreiben was Du willst. Solange es nichts, ich wiederhole: nichts Negatives enthält. Tob Dich so richtig schön aus.
Deine Kinder und Deinen Hund erwähnst Du nicht.
Diesmal lege ich Dir keine Beispiele vor, wie ein Maitre das Besteck.

Heute schreibst Du Deine ureigenen Vollmond-Galopp-Jetzt-Will-Ich-Was-Tolles-Erleben Nachrichten. So viele Du willst.

Ziel: tolle Dates

Vergiss die nie enden wollende Vorab-Chat-Konversation, die Konventionen und vor allem Deine frühere, spulwurmlange, hyper-anspruchsvolle Kriterien-Liste.

Stürz Dich rein ins Vergnügen. Ohne Fahrradhelm.

Good luck auf der Ostereiersuche nach den tollsten Dates für Dich. Wie haben es die bärtigen Goldschürfer in den Claims gemacht? Sand sieben, Sand sieben, Sand sieben. Unter den härtesten Bedingungen. Mit einer Wahnsinns-Ausdauer. Irgendwann ist all die Mühe vergessen, wenn da plötzlich ein Nugget funkelt.

Glückskeks des Tages:

 ————————————————————

Lebe den Goldgräber Spirit. Geh Sand sieben und finde Deinen Nugget.

PS: Im Englischen sind Golddigger Frauen, die sich einen reichen Mann angeln wollen, egal wie er ausschauen mag. Mach's umgekehrt. Such Dir tolle Männer, egal wie leer sein Geldbeutel auch sein mag.

Tag Zwanzig

Die Ruhe vor dem Sturm

OK, wenigstens wir Mädels sollten untereinander ehrlich sein.

Ich habe untertrieben.

Der Moment der Wahrheit ist gekommen.

Du wurdest gebeten, 21 Männer anzuschreiben. Und es stimmt, dies ist eine Deiner Hausaufgaben. Sehr ernst zu nehmende Aufgaben. Quantität ist aber nicht Qualität und Ziel ist es nicht, (zumindest nicht immer) Dich zu voreiligen Dates zu drängen. Mathematisch gesehen, musst Du mindestens 21 Männer anschreiben, um drei tolle Dates zu erleben.

Im Detail analysiert, könnten sich aus diesen 21 Anschreiben prozentual gerechnet drei bis sieben wirklich interessante Date-Möglichkeiten eröffnen. Aber da wir alle sehr unterschiedliche Individuen sind, könnte die Trefferquote an wirklich in Betracht zu ziehenden Möglichkeiten für die eine bei null bis eins liegen, für die andere bei fünfzehn bis siebzehn.

Drei tolle Dates sind drei tolle Abende. Ein Wunder für sich. Aber auf ein Jahr verteilt? Sollten es nicht ein paar mehr sein?

Hier, an dieser Stelle, ändert sich der Rhythmus des Buches, der Dich angetrieben hat.

Also lasse Dir Zeit: Zeit zu lesen, statt zu handeln. Und zwischendurch, wann auch immer es Dir passt, triffst Du auf die Früchte Deiner langsam vorbereiteten Ernte. So, wie die Weintraube nicht sofort an der Rebe wächst, welche erstmal mühsam im Regen in der Erde großgezogen werden muss. Und nicht jede Traube schafft es, pflückreif zu werden. Die Schnecken, die Dürre, die Hitze.

Der langen Rede kurzer Sinn: Ich will Dir Zeit geben. Ich will, dass Du Dir Zeit nimmst. Die Zeit, die es braucht, um wertvolle Dates klarzumachen. Solche, die Deiner heiligen Freizeit, Deines heiligen Interesses wert sind. Dates, von Denen Du Deinen Enkeln erzählen kannst, den Girlfriends. Dates, die es vielleicht als Muschel in die Schöne-Nächte-Schale schaffen können.

Dein ureigener Rhythmus zählt. Die nächsten Kapitel sind Ruhekapitel, die die Zeit füllen werden, die Du brauchst, um Deine Wunsch-Dates Realität werden zu lassen und dann auch zu erleben.

Keine Stoppuhr. Keine Trillerpfeife. Du säst und erntest so lange, bis eine saftige, wunderschöne, dunkelblaue Traube bereit ist, gepflückt zu werden. Wärst Du Winzer, wüsstest Du, dass, wenn es denn so weit ist, es fast irrelevant ist, wenn sie sich denn als sauer erweist. Denn es ist eine wunderschöne, pralle, dunkelblaue Traube. Grund zur Freude.

Jetzt lies ganz entspannt weiter und zwischendurch – ab und zu – triffst Du Dich mit den Erwählten, welche es ins blaue, reife Traubenstadium geschafft haben. Nicht mehr, nicht weniger.

Und diese Treffen erlebst Du ohne meine Begleitung: Hinfahren, abholen, fragen, wie war es. Du bist jetzt über das Seepferdchen Stadium hinaus.

Da dies dauern wird und wir die Trillerpfeife nicht ganz vergessen wollen, kommt selbstverständlich noch eine

Exercise of the Day:
Du bist mitten drin im 21 Männer anschreiben?

- Einer davon ist soooo süsss? So Hammer umwerfend? Total Dein Typ? Und nun schaust alle 10 Minuten ob er wohl geantwortet hat?
- Du hast Dir eine Favoriten-Liste gemacht, ordentlich Deine Wunschkriterien überprüfend und willst sie nun abarbeiten?
- Du hast nach zwei Chartreuse Verte (Wahnsinnsgetränk aber sehr gefährlich) mit zwei Freundinnen die OkCupid Profile durchforstet, jede hat irgendwie auf dem Handy der anderen rumgetippt beim Vergleichen, oder war es vielleicht doch Dein beschwipstes Selbst? Und dabei habt Ihr eine Horde von Typen geliked, an die Du Dich heute nicht mehr erinnerst? Du keine Ahnung hast, wie so ein xxx zu Deinem Like kommen konnte? Und jetzt schreibt Dir einer davon ständig?

Die Aufgabe, 21 Männer anzuschreiben bleibt bestehen. Aber erstmal werfe ich Euer aller Kartenhaus ein. So ist das nun mal beim Intervalltraining. Du willst ja nicht für immer ein Seepferdchen bleiben.

Zwischenspurt (die Exercise of the Day):
Vergiss jetzt mal alle Datekriterien, nach denen Du die 21 Glücklichen erwählt hast oder wählen willst.

Und mach ein Date unter folgenden Regeln klar:
Du stehst auf Indie-Rock? Such Dir einen aus, der auch drauf steht und tanzt bis ins Morgengrauen. Egal, wie er aussieht.
Du liebst chinesische Dokumentarfilme, dann such Dir ein Date, mit dem Du sieben davon hintereinander anschauen kannst. Egal, ob er sonst auch nur im Geringsten Deinen Vorstellungen entspricht.
Fahrrad Polo ist Dein Ding, bitte, go for it.
Einziges Auswahlkriterium für dieses Date: Er steht voll und ganz, genau wie Du, auf was auch immer es sein mag. Kein einziges anderes Kriterium aus Deinem Wunschkatalog muss erfüllt sein. Kein. Punkt. Einziges. Punkt.

 Glückskeks des Tages:

Eine wild durchtanzte Nacht bedeutet durchtanzte Schuhe. Fazit: Zeit für neue Schuhe! Du darfst shoppen gehen. Endlich mal wieder. Genieß es ;-)

Tag Einundzwanzig

Manhattan

Jetzt bist Du bereit für die große Reise.

Manhattan:
Wie gehen die New Yorker mit Leid um?
Zier Dich nicht. Beim Stylen schaust Du doch auch Styles ab.

Heute darfst Du Leid-Umgangs-Styles abschauen.

Erzählst Du in Manhattan Deine Leidensgeschichte, erwarte nicht gefühlsduseliges Mitleid, wie hierzulande. Da fällt die Antwort ganz anders aus und zwar mit einem „tough luck, shit happens, get over it".

Vielleicht erzählt man sich lustige, zynische Witze über Bingo-Leid, toppt also das eigene Leid mit Schrecklicherem in schrecklich lustigen, nicht salonfähigen Witzen. Bis einem vor Lachen die Tränen aus den Augen schießen, oder man einen fahren lässt.

Und dann blättert man die Seite um und spricht über neue Projekte, den Skandal des Tages oder die aktuellsten Sportergebnisse. Das Drama wird nicht mehr erwähnt.

Zieht in die nächste Bar, wahrscheinlich hat sich ein Dritter schallend lachend eingeklinkt, mit einem „been there, bought the T-Shirt". Fasst aber seine Geschichte nicht mit Leidensmiene, sondern wahnsinnig komisch, lustig zusammen. Immer noch schallend lachend.

Nach dem Motto: Sie sagte, ihre Mutter liege im Sterben. Und brauche Geld für die Krankenhausrechnung und die Beerdigung. Ich hab sie sogar zum Flughafen gefahren, sie getröstet und ihr Geschenke für ihre Familie gekauft. And you know what? Sich die Lachtränen trocknend. I fucking believed her. Ich hab ihr geglaubt. Über sich selbst lachend. Über das Geschehene. Und dann, er kann kaum weiterreden vor Lachen: Stellt sich raus, ihre sterbende Mutter heißt in Wahrheit Miguel und ist 22.

Dann zieht Ihr drei weiter in die nächste Bar, tanzt bis in die Puppen, vielleicht findest Du Dich ja mit dem Lachenden lachend im Bett wieder.

Das ist Manhattan Style.

In diesem Kapitel gibt es keinen Alkohol. Nimm es also bitte nicht zum Vorwand, um drei Manhattans zu kippen und wieder in Tränen auszubrechen.

Ich lade Dich ein, den Manhattan Style auszuprobieren:

Shit has happened? So what? *Get over it.*

Anstatt an Deine blöde Erfahrung zu denken, kreiere neue Erfahrungen. Pflück Dir neue Dates vom Himmel und von der Vorfreude auf eben diese redest Du. Der Reinfall mit dem Schwarm ist Geschichte und nicht weiter erwähnenswert.

Noch viel besser:

Mit dem nächsten Date lachst Du Dich über Bingo-Leid ab. Rettungskräfte tun dies legitimer Weise auch manchmal, um die Spannung abzubauen. Das Drama zu überleben.

Dein Ex verhält sich wie ein Arschloch, Entschuldigung. Warum also Deine ganze Lebenszeit ihm schenken? Erlaube ihm nicht mehr, alle Deine Gedanken zu besitzen. Konzentrier Dich auf den Neuanfang. Jetzt bist Du dran. Du für Dich in Deinem Leben, da haben negative/nicht präsente Exe keinen Platz.

Hattest Du Deine drei Fernet-Branca-Vergiss-den-Schwarm-von-Gestern-Dates?

Dein chinesisches Dokumentar-Film-Date oder was auch immer Deine Lieblingsbeschäftigung ist Date?

Fehlt noch das Manhattan-Style-Date.

Bedeutet Intervalltraining/Zwischenspurt ;-)

Exercise of the Day:

Du bleibst so lange in diesem Kapitel, genau wie Bei Mensch Ärgere

Dich Nicht, bis Du ein tolles Abenteuer-Spaß-Date hattest. Nicht um zu flirten, nicht, um chinesische Dokumentarfilme anzusehen, sondern für eine wilde Nacht Deiner Wahl.

Vergiss Dating, vergiss Flirting. Was ist das Abenteuer Deiner Wahl?

Rat Pile Jumping?

Rave?

River Rafting?

Ochsenreiten?

Wer ist Dein glücklicher Partner in Crime?

Glückskeks des Tages:

Lachfalten sind sehr viel attraktiver als Zornesfalten oder eine eingemeißelte Leidensmiene.

Tag Zweiundzwanzig

Die Kartenlegerin

Endlich Mädelsabend ;-)

Einkaufsliste:

- Viel Prosecco oder was immer ihr trinkt – Du warst lang genug brav
- Viele leere Kärtchen
- Erdbeeren
- Zwei Säckchen
- Ein paar leckere griechische Vorspeisen

Na, habt Ihr Euch gegenseitig von Euren Dates erzählt und hoffentlich gekichert, bis Ihr Bauchweh hattet? Habt vielleicht schon einen leichten Schwips?

Habt festgestellt beim Fotozeigen, dass zwei von Euch denselben daten?

So what?

Bloß kein böses Blut, das kommt auch im echten Leben vor.

Entweder ihr schießt ihn auf den Mond, genießt ihn abwechselnd oder Ihr würfelt um ihn ;-)

Du entdeckst auf einem Portal den Boyfriend oder gar den Ehemann einer deiner Freundinnen? Guter Rat teuer. Dieses Fass – böses Fass – lassen wir jetzt einfach mal zu. In diesem Buch geht es um Dich und nicht um das Leid anderer.

Es kann losgehen. Kärtchen raus. Girl's PleasureAmmon.

Du kennst die Spielregeln ja schon. Erklär sie Deinen Freundinnen. Ihr habt eine halbe Stunde, um pro Person 21 leere orangefarbene Kärtchen mit je 21 Date Pluspunkten zu füllen und jeweils sieben grüne Kärtchen, um sie mit negativen Eigenschaften zu füllen.

In der Zeit dürft Ihr kichern so viel ihr wollt, aber Klappe halten, so schwer es auch sein mag. Jede muss ihre Kärtchen alleine füllen.

Fertig?

Dann los ans Legespiel, bis jede von Euch sieben Vierer-Kombinationen – je dreimal positiv und einmal negativ gelegt hat.

Frei nach dem Motto: wenn er die tolle Date-Eigenschaft a), b) und c) erfüllt, nehme ich die negative Date-Eigenschaft xxx in Kauf.

Gelegt?

Prosecco köpfen, Handy raus, Resultat fotografieren und jetzt könnt Ihr tratschen, vergleichen und erzählen so viel Ihr wollt.

Für eine halbe Stunde.

Siehst Du bei Deinen Freundinnen Kombis, die Du nie akzeptieren würdest? Kombis, die Dir auch gefallen?

Erlaubte Substanzen:

Zeit, die Erdbeeren zu essen, mit oder ohne Eis. Vor oder nach den griechischen Vorspeisen.

Wer braucht eine Kartenlegerin?
Sei Deine eigene Kartenlegerin.

Steht der Prosecco für die nächste Runde bereit?
Wieder rauf mit dem Popöchen auf das Spinning Rad.

Es kann weitergehen.
Jetzt kommen alle positiven Kärtchen in ein Säcken und alle negativen Kärtchen in ein anderes.
Und der Reihe nach zieht sich jede ihre sieben Zufalls-Dates.
Wie beim Kartenspielen darf jede pro Runde ein beschriftetes Kärtchen ziehen.

Eure Wahl, denn um die eigene Wahl geht es ja hier:
Jede darf selbst entscheiden, ob sie erst die negativen oder erst die positiven Kärtchen zieht.
Ob jede sie gleich alleine anschaut oder sie allen zeigt, sie vor sich hinlegt oder blind zieht und sie verdeckt hinlegt? Und Ihr erst alle am Schluss Eure Kärtchen umdreht?

Wie auch immer. Euer Abend. Eure Entscheidung.

Taraaa!

Das Resultat liegt vor?

Plötzlich sieht alles ganz anders aus?

Ihr habt ja schließlich die Plus- und Negativpunkte der Freundinnen und die eigenen.

Vielleicht steht da plötzlich so etwas wie:

Schön kompakt, spielt mindestens ein klassisches Instrument, trennt Müll, dafür nehme ich xxx in Kauf?

Fährt Maserati, liebt Vogelexkursionen, hat strahlend blaue Augen, dafür nehme ich xxx in Kauf?

Liebt Tretbootfahren, Mittelalterfestivals, spielt Rugby, dafür nehme ich xxx in Kauf?

Ich lasse Euch jetzt alleine Mädels, hoffentlich kichert Ihr bis Ihr Bauchweh habt.

Glückskeks des Tages:

Geteilte Freude ist doppelte Freude.

Tag Dreiundzwanzig

Sesam öffne Dich

Du planst zu schummeln?

Nix da. Du wirst so lange daten, bis ein Neuer Deinen Kopf verdreht und Du Alessandro hinter Dir lassen kannst. Hinter Dir gelassen haben wirst.

Da hast Du jetzt einfach so drüber gelesen?

Bis Du Alessandro hinter Dir lassen kannst. Bis Du ihn hinter Dir gelassen haben wirst.

Alessandro hast Du dank der Fart-Stage-Episode und den neuen Schuhen hinter Dir gelassen, aber jetzt will Dir der Hammer-Vlatko nicht mehr aus dem Kopf? Doch er schweigt?

Blindes Hühnchen. Die Zeiten in den Grammatiken aller Sprachen beinhalten sehr viel Weisheit. Du glaubst mir nicht? Dann folge mir einfach.

Da wir so schön beim Reisen sind, lass uns doch das Thema Vlatko/Domi/Julien oder wie auch immer Deiner heißen mag – etwas internationaler betrachten.

Wir beginnen im traumhaften Arabien...

Allein das sollte Dich zum Lächeln bringen. Vlatko ist zwar nicht präsent, hat Dir aber eine tolle Reise geschenkt.

Das Arabische kennt lediglich zwei einfache „Zeiten", in denen Verben verwendet werden. Diese sind das Perfekt, das abgeschlossene Handlungen in (meistens) der Vergangenheit ausdrückt und das Imperfekt, das für Handlungen verwendet wird, die nicht abgeschlossen oder wiederkehrend sind.

(Zitat: http://www.grammatiken.de/arabische-grammatik/verb1.php)

Also alles ganz einfach in der Welt der Grammatik. Da gibt es nur zwei Möglichkeiten. Die Handlung ist abgeschlossen und gehört somit der Vergangenheit an. Oder die Handlung ist nicht abgeschlossen und wird wiederkehren.

Da Vlatko nicht wiederkehren wird, außer in Deinem Wunschdenken, gehört er ins Perfekt, also in die Vergangenheit, im Arabischen. So einfach ist das.

Erlaubte Substanzen:

Parfüm wählen, vielleicht neue Ohrringe auf dem Basar? Exotische Gewürze schnuppern, ein Hamam-Mädelsabend, danach libanesisch kochen? Vielleicht ein Date mit einem geheimnisvollen Exoten aus dem Orient?

Verbotene Substanzen:

Alkohol, Schweinefleisch.

Um ein Verb aus der Gegenwart in die Vergangenheit zu katapultieren, muss man in der arabischen Sprache nicht mal was tun, nichts anhängen, da die Grundform eines jeden Verbs schon im Perfekt im Wörterbuch steht.

Will uns die arabische Sprache damit sagen, dass jeder Alessandro/Vlatko irgendwann der Vergangenheit angehören wird? Dass alles irgendwann der Vergangenheit angehört? Bedeutet dies etwa, dass es die ewige Liebe nicht gibt? Und das im Arabischen, dieser wunderschönen Sprache voller Poesie, unvergesslicher Autoren, traumhafter Kalligraphie?

Hammer. Wenn's Dich interessiert, geh der Sache selber auf den Grund. Finde die drei Verbradikale für die Verben lieben, schwärmen, träumen. Und deklinier sie durch. In der Vergangenheit, der Gegenwart und in der Zukunft.

Und wenn Du schon nicht die Verben im Arabischen deklinieren willst, solltest Du zumindest Alessandro/Domi/Vlatko etc. in der Vergangenheit, der Gegenwart und in der Zukunft deklinieren. Genauso klar und präzise wie die Sprache dies tut.

Bis Du Alessandro/Domi/Vlatko, oder wie auch immer Deiner heißen mag, hinter Dir lassen kannst. Bis Du ihn hinter Dir gelassen haben wirst.

Genug Bierernst. Party Time! Sobald wir wieder in Good Old Europe landen, soll es Schampus sein und auf was auch immer Du Lust hast. Wenn Du willst, ist neue Bettwäsche drin. Oder vielleicht ein neues Liebhaber Outfit?

Glückskeks des Tages:

 ———————————————

Das Ende Deiner Ehe/Beziehung war bitter?

Diesem Ende verdankst Du einen Neubeginn ;-)

Und der Start in ein neues Leben kann so richtig fett Spaß machen.

Tag Vierundzwanzig

Dein heiliger freier Abend

Genug der Wassersportarten. Heute bist Du Tennisspielerin und zwar eine ziemlich gute.

Dein Tennispartner hat sich den Fuß gebrochen und fällt für mindestens zwei Monate aus. Aber die Turniersaison steht vor der Tür. Du willst und musst trainieren.

Also machst Du Dich Online auf die Suche nach einem Tennispartner, der Dein Tennisniveau und Deinen Spielstil matcht.
- Triffst Du Dich auf ein Glas Wein mit ihm?
- Fragst Du ihn nach seinen anderen Hobbys?
- Ob er sich Kinder wünscht?
- Ob er gegen Walfang ist?
- Kümmern Dich seine winzigen Füße? Sein behaarter Rücken?

Nein, Ihr klärt vorab, ob Ihr in derselben Liga spielt, was Ihr als Tennispartner voneinander erwartet. Per WhatsApp oder Email.
Wenn's passt, verabredet Ihr Euch auf dem Tennisplatz für ein erstes Match, um im Spiel zu sehen, ob ihr zueinander passt. Ob er so gut

spielt wie Du, Deine Pässe parieren kann. Zu schnell schlapp macht. Ihr denselben Rhythmus habt.

Je nachdem, wie das erste Spiel verläuft, könnte er Dein Tennis-Sparring-Partner werden, oder eben nicht. Vielleicht versucht Ihr es auch zwei oder drei Mal. Klappt es nicht, probierst Du es mit einem anderen. Ziel ist es ja, den zu Dir passenden Tennispartner zu finden.

Stoppuhr raus. Zehn Minuten Stille. Denk bitte einfach Mal über das Tennis-Sparring-Partner-Szenario nach. Zeit um.

Stoppuhr wieder an. Runde zwei. Noch mal zehn Minuten Stille. Versuch, das Tennis-Sparring-Partner-Konzept auf Dein Dating-Konzept zu übersetzen…
Zeit läuft. Zehn Minuten Stille. Geschafft?

Gott oder wer auch immer hat uns Entscheidungsfreiheit geschenkt. Nicht in allen Dingen, aber in sehr vielen. Welches Kleid Du kaufst, ob Du lieber Risiken eingehen willst oder nicht, wen Du zu einem Date triffst. Wohin Du in den Urlaub fährst und was Du im Urlaub erleben willst.
Um diese Entscheidungen zu treffen, gilt es, etwas in Betracht zu ziehen und sich dann dafür oder dagegen zu entscheiden. Ziehst Du nur Dinge in Betracht, die Du schon kennst?

Das war bevor Du zu lesen begonnen hast ;-)
Um sich zu entscheiden, eine Wahl zu treffen, sollte man manchmal auch

etwas ganz Neues in Betracht ziehen. Du fährst immer zelten? Warum nicht mal ein Breakdance-Wettbewerb-Festival? Du fliegst nur in durchgeplante Ayurveda-Spas? Urlaub ohne Museumsbesuche langweilig?

Wie war das mit dem Style abschauen? Schau Dir mal an, wie andere Menschen ihren Urlaub verbringen. Stell Dir etwas vor, was Du Dir nie vorher vorgestellt hast. Mental mit gehangen ist ja nicht sofort mit gefangen ;-)

Heute geht es um Freizeit. Ich gehe jetzt einfach mal davon aus, dass Du nur einen freien Abend die Woche hast, zum Beispiel, weil Du Kinder hast. Und den hast Du auch bloß, weil Du Dir eine Freundin gesucht hast, mit der Ihr Euch die freien Abende gegenseitig ermöglicht.

Meine Frage an Dich:
Wie willst du diesen heiligen, freien Abend verbringen?
Mit Pilates, Zumba oder Bauch weg? Oder einem Date, der wie ein Tennis-Sparring-Partner nicht mehr und nicht weniger ist, als der perfekte Sparring-Partner?

Think about it, Girl.

Glückskeks des Tages:

Die schönsten Männer oder besten Dates sind nicht immer auch die besten Liebhaber.

Tag Fünfundzwanzig

The Real Shit

Die Kaffeetasse kommt, die Kaffeetasse geht, das Post-It kommt, das Post-It geht, Liebeskummer kommt und er geht irgendwann, wenn Du ihn nicht festhältst.

Darum geht es in der Phönix-Diät.

Aber so wie es Rückfälle gibt, gibt es auch Ausnahmen.

Komm endlich drüber hinweg Ausnahmen:
The Real Shit Stuff:
Brief vom Anwalt

Falls Dein Rückfall nicht auf einem fremdgehenden, unverantwortlichen, geizigen, fiesen, etc. Ex-Mann, Ex-Partner, verschwundenen Schwarm, sondern auf hässlichen Dingen wie Unterhaltsverweigerung beruht, ist das „echter Shit happened".

Aber auch hier: *Versuche den Manhattan Style.*

Male Dir das schlimmste Szenario aus. Bräuchtest Du einen neuen

Job? Müsstest Du mit den Kindern in eine winzige Wohnung ziehen? Zurück zu den Eltern?. Egal, wie schrecklich die drohende Realität auch sein mag. Stell Dich ihr. Und zwar komplett offenen Auges. Mach einen Finanzplan, ein Worst-Case-Szenario. In New York ist jeder schon mal ganz unten gewesen. Musste von vorne anfangen. Das kannst Du auch, so hart es sein mag.

Das erfordert Mut. Und hier sind Freunde und Familie gefragt. Nicht zum Jammern, sondern um Dein neues Leben zu planen, unter den schlimmstmöglichen Umständen. Andere haben es geschafft, Du kannst es auch schaffen.

Du die Ich-kann-keinen-werde-keinen-Unterhalt-bezahlen-Ex-Mann-im-Kreuz-Habende.
Du hast Dir eine Pause verdient.

Du erstellst jetzt erstmal ein Worst-Case-Szenario und schaust dem Worst-Case-Szenario ins Auge. Nimm Dir dafür so viel Zeit wie Du willst.

Dann erst entwickelst Du mögliche Überlebensstrategien.

Natürlich darfst Du zur Ermunterung auch die Date-Pipeline füllen, aber erst, wenn Du dazu bereit bist.
Und wenn Du das Worst-Case-Szenario mit allen akribisch aufge-listeten Details in einer Excel-Tabelle aufgelistet hast, mögliche Überlebensstrategien entwickelst haben wirst, vielleicht in drei

Wochen oder so, versuche die diesbezüglichen Gedanken daran auf ein oder zwei Stunden am Tag zu beschränken.

Eine Stunde am Tag darfst und musst Du Dich diesem Real Shit stellen. Den Rest des Tages:

Nicht.

Wenn Dein Mann gestorben ist, oder todkrank, dann ist dieses Buch noch nichts für Dich, denn ich kann hier Dein echtes Leid nicht würdigen, nicht ehren.

Du verdienst eigentlich ein eigenes Buch für Deinen speziellen Fall, das kann ich hier leider nicht leisten. Aber irgendwann bist hoffentlich auch Du bereit für einen Neuanfang.

Für Euch, die Real Shit Frauen

Against all Odds – Trotzdem

Ich bin die letzte, die Dir sagen würde, schau Dir an, wie die Menschen in der Dritten Welt leiden, frei nach dem Motto, der Blick auf das Leid der noch schlimmer Leidenden wird Dein Leid mindern.

Aber:

Es gibt Frauen, die in völlig ausweglosen Situationen sagen, jetzt erst Recht. Ohne Krankenversicherung, ohne Hartz IV, ohne bezahlten Urlaub, ohne Rechtsanwalt.

Ein Großkonzern stellte im fernen Hindustan Merkur Thermometer her und lagerte das Gift in Kodaikanal. Kodaikanal ist ein Paradies. Einer der schönsten Orte, die man sich vorstellen kann. Die Arbeiter in der Fabrik trugen keine Schutzkleidung. Die Fabrik wurde geschlossen, der Großkonzern zog sich zurück und ließ die vergifteten Arbeiter, Flüsse und Böden ohne jegliche Entschädigung zurück. Ohne Geld, die Krankenhaus oder Beerdigungskosten zu tragen.

Doch die Menschen in Kodaikanal entschlossen sich zu kämpfen. Ohne Hartz IV, ohne teure Rechtsanwälte, mit nichts als ihrer Wut und ihrer Entschlossenheit.

Diesen Mut, diese Kraft möchte ich Dir vorstellen. Vielleicht hilft er Dir zu sagen, wenn diese Gruppe es schafft, dann schaffe ich es auch.

Klar, die Welt ist voller solcher Helden und Vorbilder. Unter Inspirationen am Ende dieses Buches findest Du mehr von ihnen. Für heute wird die geballte „nicht mit uns" Kraft vertreten durch Sofia Ashraf und die Menschen, die sie um Hilfe gebeten haben. In dieser schrecklichen, unverantwortlichen und ausweglosen Situation.

Den Link zu dem Video findest Du im Anhang und auf www.phoenix-style.de.

Du kannst kein Englisch? Zeit es zu lernen.

Der Mut der Menschen von Kodaikanal löst nicht Dein Problem, Kraft tanken aber solltest Du können.

Glückskeks des Tages:

Wenn Dich der Mut verlässt, schneid Dir eine Scheibe vom Mut anderer ab.

Tag Sechsundzwanzig

Der Effizienzquotient

Noch mal von vorne. Dein heiliger freier Abend. Wie willst Du ihn verbringen? Mit einem Sprachkurs? Lieblingsserien anschauen? Noch ein Mädelsabend? Mit einem Date?

Du hast die Idee des Tennis-Sparring-Partners ein bisschen verstanden, aber nicht wirklich so richtig?

Blondinchen ;-) oder tust Du nur so?

Jetzt kommt starker Tobak, also setz Dich hin und gönn Dir ein Glas Wein.

Meine Fragen sind provokant und stellen so einiges in Frage.

Was bringen sieben Bauch-weg Abende, endlose Diäten, Botox, wenn kein Mann sich daran erfreuen kann, so richtig, außer im Vorbeigehen?

Was bringen sieben Dates, um am Schluss festzustellen:

• Er ist ein tollpatschiger, ungeübter Liebhaber?

• Er Dich irgendwann in der sieben Dates-Zeit wegzappt?

• Er Dir eröffnet, dass er auf Fesselspiele steht, Du aber nicht. Dass er am liebsten an öffentlichen Orten Sex hat, Du aber nicht? Dass er auf alle möglichen sexuellen Praktiken steht, zum Beispiel Analsex, die Dir nicht taugen?

- Oder einfach sein Penis eine Größe hat, zu groß oder zu klein oder zu dünn oder zu dick, die nicht wie ein Schlüssel in Dein Schloss passt?
- Oder er mit Kondom nicht kann?

Sieben heilige, hart erkämpfte freie Abende weg, vergeudet, verloren.

Erlaubte Substanzen:

Ein einfaches Nein zu folgender These. Einer völlig anderen Vorgehensweise.

Das Gängige auf den Kopf zu stellen.

Deine Entscheidungsfreiheit.

Träum ein bisschen rein in die folgende Möglichkeit.

Verbotene Substanzen:

Nicht über diese These nachzudenken.

Gedanken an den Ex. Sex on the Beach.

Speziell in Ländern, die dies aus religiösen Gründen verbieten.

Die Fragestellung mit Deinen Freundinnen zu diskutieren. Definitiv:

Noch! Nicht!

Die These:

Es gibt erwachsene Menschen, die widmen ihren heiligen freien Abend ganz einfach der Leidenschaft. Und überspringen bewusst-effizient all die Abende, die zu eben jenen schönen Nächten führen könnten oder sollten.

So, als würde man sich Online zu einem Tennis-Match verabreden. Mit einem Wildfremden. Man checkt vorher per WhatsApp und Email aus, ob beide in derselben Liga spielen und wenn ja und auch sonst die Vibes passen, verabredet man sich direkt auf dem Platz. Und los geht es.

Ja, Du verstehst mich richtig.

Es gibt ganz normale Menschen wie Du und ich, die sich nicht zu einem Date verabreden, auch nicht zum Schlittenfahren oder Bergsteigen, sondern einfach, um gemeinsame Leidenschaft zu genießen.

Der Liebhaber ohne Date.

Erlaubte Substanzen:
Spaziergang im Sonnenschein, ein entsetztes O mein Gott, niemals mit mir!!! Zeit, diesen Gedanken zu verdauen. Gönn Dir ne lila Pause. Gönn Dir endlich mal wieder eine Runde Pilates, französische Konversation oder einen grünen Detox-Smoothie. Oder mach ein paar neue „normale" Dates klar. Rufe nicht Deine Freundinnen an, um die Fragestellung mit ihnen zu diskutieren.

Einen Liebhaber ohne Date?
Ohne sich vorher auf ein Glas Wein zu treffen? Ohne sich vorher kennenzulernen?

Einen LoD?

Den man nur und einzig direkt für eine lila Pause der Leidenschaft trifft?

„Was?" Schreist Du? „Bist Du wahnsinnig? Gleich verbrenn ich das Buch!"

Denk einfach ein bisschen über diese Option nach. Schlaf drüber.

Denn es könnte bedeuten:

- Vielleicht viel Spaß?
- Verzweifelte Suche nach dem LAG (Lebensabschnittsgefährten), nein danke!
- Verzweifelte Suche nach dem TP (Traumprinz). Hah!
- Vielleicht sehr viel Spaß?
- Vielleicht unbekannte Sinnesfreuden?

Glückskeks des Tages:

Leidenschaft kann auch ein Lieblingssport sein.

PS: Ist Leidenschaft etwa nicht Dein Lieblingssport?

Dann geh stattdessen joggen ;-) An Deinem heiligen freien Abend.

Tag Siebenundzwanzig

Schreibe Geschichte

Die Vorstellung eines LoDs hat Dir ein kleines bisschen gefallen? Dich neugierig gemacht? Dich in Versuchung geführt?

So sorry.

Zuerst kommt eine ganz andere Hausaufgabe:

Ja, ich gebe es zu. Ich habe ein winziges bisschen geschummelt. Als ich sagte nur ein Kapitel sei Deinem Ex gewidmet. So wichtig die Knoblauchkur auch ist, sie alleine genügt nicht...

Also tief Luft holen, heute geht es schon wieder um Deinen Ex. Und nicht um eine Eintagsfliege, so schön sie auch sein mag, wie Vladko/ Domi oder ist es jetzt Filip? oder wie auch immer Deiner heißen mag.

Die letzten Reisen haben Dich an Deine Grenzen gebracht? Darüber hinaus. Überfordert? Dachtest Du.

Die heutige Reise… Bungeejumping oder den Kilimandscharo besteigen sind ein Klacks dagegen.
Heute wirst Du Langstrecken-Tauchen. Ziel: Das Totenkopfabzeichen.

Du kennst jetzt das Hass erfüllte, Stirn in Falten gezogene, Lippen zusammen gepresste Gesicht der „vom Ex" Erzählenden.

Vor dem Tabu den Ex zu erwähnen, was waren Deine verbitterten Worte? Heute und nur heute darfst Du die Zeitreise in die Vergangenheit noch einmal antreten.

Erzähl Deine Ex Geschichte noch einmal so, wie Du sie früher erzählt hast, gerne mit verbittertem Gesicht (und dem „wie fies war das denn?"):

PS: Was kann einem das schon einbringen, außer Mitleid? Oder willst Du, dass Dein Zuhörer in die Luft springt und schreit, „oh Hammer, Du hast ja die ultimative Scheiße erlebt!"
Willst Du Leidenskönigin werden?

Heute darfst Du.

Los, verbittertes Gesicht aufsetzen und erzählen!

GELIEBTE / SPIELSUCHT / KIND MIT RUSSISCHER PRO-STITUIERTEN HEISST OHNE KONDOM / JEDEN PFENNIG GEZÄHLT / NUR COMPUTER-SPIELE GESPIELT / WAR TOTAL UNZUVERLÄSSIG/UNPÜNKT-LICH / SICH NIE UM DIE KIN-DER GEKÜMMERT / HAB IHM SEIN STUDIUM FINANZIERT UND SITZE AUF BERGEN VON SCHULDEN / NIE IM HAUSHALT GEHOLFEN / HAT MICH WIE EIN MÖBELSTÜCK/HAUSANGE-STELLTE BEHANDELT ETC ETC ETC ETC ETC

Etc., etc., etc…

Was auch immer Dein Text war. Du bist Deine Vergangenheit, Dein Heute und Dein Morgen. Die Uhr lässt sich nicht zurückdrehen. Aber wie wir alle wissen, kann man Geschichte neu schreiben. Siehe Geschichtsbücher, die Bibel, Kriege, Intrigen, aktuelle Politik, alles wurde schon umgeschrieben.

Exercise of the Day:
Rewrite your history. *Erfinde Dich neu.*

Heute darfst Du Deine eigene Geschichte umschreiben. Keine Lügen.
Erzähl sie einfach anders, zum Beispiel wie der vor Tränen lachende
Typ in Manhattan.

Das Flutlicht auf andere Aspekte richten. Den Blickwinkel verändern.
Den Geschmack.

Wie bei den Sufis und dem Elefanten. (Du kennst die Geschichte
nicht? Google sie).

Deinen Leidenstext kennst Du. Und ich werde ihn Dir nicht wegnehmen.
Keine Sorge.

Jetzt, wo Du hoffentlich gelernt hast, die Vorfreude zu zelebrieren,
wie war der Anfang der Geschichte? Du und Dein Ex. Wie begann es?
Warum hast Du Dich in ihn verliebt? Was war das Besondere an ihm?
Was waren die Dinge, die Du über ihn mit Schmetterlingen im Bauch
erzählt hast, am Anfang?

Rückblickend: Wie hättest Du für ihn die PleasureAmmon-Karten gelegt?

Erzähle die Geschichte von Euch noch einmal, doch diesmal beginnst
Du bitte mit:
Mein Ex war ein toller Man…

Und mit „war" ist der Nagel ja schon auf den Kopf getroffen, denn irgendwann war er einmal ein toller Mann für Dich. Auch wenn sich dann alles verändert hat.

Konzentration auf das vor dem Aber:

Mein Ex war ein toller Mann...

Weil...

Geht nicht?
Die Worte wollen nicht über Deine Lippen kommen?

Geht nicht, gibt's nicht. Versuchs noch mal.

Mein Ex war ein toller Mann...
Weil...
Dir will einfach nichts Positives einfallen? Die Worte bleiben Dir im Hals stecken?

Der strenge Trainer mit der Trillerpfeife hat heute frei.
Also schleich Dich.

Ab mit Dir an den See, aufs Motorrad oder Inlineskaten.

Erlaubte Substanzen:
Prusten, planschen, Gas geben, laut singen, egal, wie falsch.

Verbotene Substanzen:

Gibt es heute nicht.

Sei wieder das Kind auf dem Spielplatz, das von Rutsche zum Schiff zur Kletterwand stürmt voller Freude.

Heute hast Du frei.

Glückskeks des Tages:

Du hast frei. Somit ich auch.

Ich bin schon lange in den See gesprungen ;-)

Und wer braucht beim Planschen einen Glückskeks?

Halt, stop!

Vor dem Umblättern…

Kopfhörer auf!

Heute bleibt Dein Stück in Deiner Schatztruhe.

Die Wandlung kannst Du auf www.phoenix-style.de anhören.

Die Wandlung

Von Wolfgang Lackerschmid

Lead Voice: Ronnel Bey

Thema Leid – aus einem anderen Blickwinkel betrachtet

Die Komposition von Wolfgang Lackerschmid und die Stimme von Ronnel Bey sind göttlich.
Die Aufnahme leider nicht.

Einladung an alle Chöre:
Studiert „Die Wandlung" ein, bewerbt Euch. Die beste Aufnahme wird hier veröffentlicht.

Bis wir diese tolle, neue Interpretation haben, darfst Du auch aufs Anhören verzichten und einfach den Text im Anhang lesen.

Am liebsten hätte ich Max Merseny am Saxophon...
Und Federico Gonzalez Peña am Keyboard
Wie sollen Wünsche wahr werden, wenn man sie nicht ausspricht?

Tag Achtundzwanzig

Der LoD

Wenn Du Dich wieder beruhigt hast.
Stell Dich der Frage.

Wäre das was für Dich?
Ein Liebhaber ohne Date?

Das Risiko ist genau dasselbe wie bei einem Date:

- Er ist Michelin-manniger, piepsstimmiger, kleiner oder sogar, oh Schreck, dünner als auf dem Foto, aber ihr matcht total im Bett?
- Er schaut nicht weltbewegend aus, ist aber ein genialer Liebhaber?
- Er ist eine Granate im Bett, meldet sich aber nach der ersten Verabredung nie wieder (na und? Du hattest eine tolle Nacht, ohne sieben Abende investiert zu haben)?
- Er hat so richtig seine Hausaufgaben gemacht und will und beherrscht es auch, Dich einfach rundum körperlich glücklich zu machen, obwohl er Dir nur bis zur Schulter reicht?
- Er ist keine Granate im Bett, aber sagen wir mal angenehm, zwischen Runde eins und zwei und danach lacht ihr Euch schepps über Gott und die Welt, so sehr, dass Ihr Runde drei vergesst?

Sinnliche Wonnen, bis Dir irgendwann seine „Schwächen" egal sind, Du sie gar nicht mehr wahrnimmst? Du strahlst von innen heraus, weil er Dich körperlich glücklich gemacht hat?

Obwohl er sich, was Deine klassischen Date-Kriterien betrifft, nie für ein normales Date qualifiziert hätte?

Vergiss nicht:

Du suchst keinen Boyfriend. Keinen Ehemann. Dafür bist Du noch nicht bereit. Fuchs auf dem Eis. Schöner Föhn hin oder her.

Goldene Regel:

Locker bleiben. Wie beim Tennis-Sparring-Partner. Nichts erwarten, einfach genießen, wenn er wieder kommen will. Und wenn nicht? Wie viele Millionen Männer gibt es auf der Welt?

Verbotene Substanzen:

Sich verlieben. Klammern. Erwarten. Hoffen. Bangen. Leiden.

Vor die Wahl gestellt: Was ist Deine Erwartung?

Suchst Du Dates für vielleicht tolle Abende oder willst Du eigentlich lieber einen Liebhaber, der zu Dir passt?

Wehe Du verfällst jetzt in die blödeste und häufigste Falle der Welt und willst alles auf einmal.

Alles in Einem gibt es in diesem Buch nicht.

Entweder oder.

Denn wir sind hier in der Realität und nicht im Märchen.

Exercise of the Day:

Nein, Hausaufgabe ist es nicht, Dich zu Leidenschaft ohne Date zu verabreden. In keinem Kapitel ist es Deine Hausaufgabe, Sex zu haben. Kannst Du, darfst Du. Wir sind ja alle erwachsen. Ziel hier ist es nur, wieder glücklich zu werden.

Exercise of the Day ist es, Dir ehrlich die folgende Frage zu beantworten.

Was ist der ideale Liebhaber für Dich?

Du denkst, Du hättest die Frage schon beantwortet? Falsch. Liebhaberkriterien sind völlig andere als Date-Kriterien. Großer Unterschied. Was ist Dir wichtig?

Ein schöner Mann, um den Dich die Mädels beneiden würden, egal, wie er im Bett ist?

Ein nicht so perfekter Mann, der Dir mindestens drei Orgasmen beschert? Und zwar jedes Mal?

Ein besonders Wilder? Ein besonders Sanfter? Einer, bei dem Du Dich zwischen Runde eins und zwei in seine starken Arme hineinkuscheln kannst? Lachen? Über Politik reden?

Es gibt im Englischen die Bezeichnung „cut the crap".

Auf Deutsch, im guten, alten, deutschen Tiefgründeln, könnte man dies frei übersetzen mit „konzentrier Dich auf das Wesentliche".

Willst Du Deine heilige, sehr knapp bemessene Freizeit damit verbringen, Dates auf ein Glas Wein zu treffen? Rauszufinden, ob Ihr zusammenpasst, dieselben Hobbys habt, politisch derselben Meinung seid, im Grammatiktest ähnliche Punkte erzielen würdet, beziehungstauglich seid...

...um dann nach sieben Dates herauszufinden, dass er im Bett eine Niete ist, nicht zu Dir passt? Oder sich nie die Mühe gemacht hat, rauszufinden, wie man eine Frau glücklich macht?

Stoppuhr raus. Zehn Minuten Stille – Gedanken verdauen, nachdenken.

Wenn ich schon einen freien Abend habe, will ich leidenschaftlichen Sex mit einem außergewöhnlich guten Liebhaber nach MEINEM Geschmack. Was interessiert mich seine Weltanschauung, sein IQ, sein EIQ? Vielleicht sogar: Was interessiert mich, ob er schön oder lustig ist? Solange ich während und danach strahle vor Wonnen, who cares?

Es ist Deine Entscheidung. Und Du kannst sie eigenständig und erwachsen treffen.

Unter Anwendung des Effizienzquotienten:

Ja, Zeit für einen Aperol Spritz, oder zwei.
Kopfhörer auf, Passion-Playlist an.

Du hattest bis heute gedacht, Du suchst einen neuen LAG, Lebens-abschnittsgefährten/heimlich doch Ehemann, Boyfriend, Vater für Deine Kinder? Heb Dir das für später auf.

Widme den Abend heute nur und einzig der Frage: Wäre – bis Du obiges findest – ein LoD (Liebhaber ohne Date) was für Dich, oder zwei? À la Tennis-Sparring-Partner?

Noch mal für die Kultur-Schock-Habenden: Ein Liebhaber, mit dem Du Dich nur und einzig für das intime Tennismatch triffst, nachdem Ihr Euch vorher Online klar und deutlich über Eure sportlichen Quali-täten ausgetauscht habt, wie man das auf der Suche nach dem perfek-ten Tennis-Partner auch macht. Reden kann man immer noch danach oder zwischendurch, falls überhaupt.

Viel Spaß beim Nachdenken:

Glückskeks des Tages:

Dates sind wie Post-Its. Sie kommen. Sie gehen.
Und manchmal bleiben sie kleben.

PS: Aber Du kannst sie nicht zwingen zu bleiben. Im Gegenteil, dadurch vertreibst Du sie nur. Also genieße einfach den Moment. Carpe Diem. Carpe Date. Carpe LoD.

Tag Neunundzwanzig

Die Fesseln sprengen

Beim Schwimmen im See sind Dir Ideen gekommen, wie Du Deine Geschichte umschreiben könntest?

Ja?

Nein?

Wie auch immer.

Vor der eigenen Türe zu kehren ist immer am schwersten.

Geburtstagsgeschenk für Dich:

Lasse uns erst mal jemand anderen aus seiner Gefangenschaft, seinem Gefängnis, aus seinen Ketten befreien.

Weißt Du wer Sisyphos war? Kennst Du ihn auch als den Armen, in der Zeitschleife gefangenen, der für immer den Felsblock den Berg raufrollen muss, ohne jemals oben anzukommen? Hölle pur.

Jeder erinnert sich an Sisyphos nur als diesen Gefangenen. Einen Felsbrocken einen Berg hochrollen bedeutet blutige Hände, aufgeschürfte Füße, schwitzen, dursten in der heißen Sonne, Frust und Leid. Jedes einzelne Mal wieder Leid.

Kaum einer weiß, dass er vorher, vor dieser grausamen Strafe der Götter, vor allem für seinen Schalk, seine Weisheit und auch seine politischen Errungenschaften bekannt war.

Das berühmte „vorher – nachher" Foto.

Willst Du als Sisyphos, der den Felsbrocken den Berg raufrollt, wieder und wieder und wie zwanghaft Deine Geschichte wiederholend enden, oder willst Du in die Geschichte eingehen als der Mensch, der Du eigentlich bist? Vor den Dramen? Nach der Phönix-Diät? Deine Wahl, Deine Entscheidung.

Dass man sich an Dich erinnert, von Dir spricht als der witzigen, spritzigen Frau vorher, (oder der, die Du jetzt geworden bist) oder von der, die für ewig den Felsblock ihrer Ex-Beziehung immer wieder den Berg raufrollt?

Bevor Du Deine eigene Geschichte neu schreibst, lasst uns Sisyphos' Geschichte neu schreiben.

Lasst ihn uns befreien. Auf ins Abenteuer!

Wir schreiben Geschichte!

In den Köpfen der Menschen, aus seinen Ketten, die man ihm posthum umgelegt hat, wie die Dornenkrone auf Jesu Kopf. In unseren Kirchen hängt Jesus als leidendes Opfer. Hätte er sein Marketingkonzept für die Zeit nach seinem Tod wählen können, hätte er ganz sicher ein anderes gewählt. Denn sein Leben war anders. Er war anders. Er war frei und liebend, charismatisch, großzügig, verzeihend. Und hängt nun da: Durstend, blutend, mit der Leidensmiene für immer.

Jesus befreien wir heute nicht. Aber Sisyphos. Damit er wieder auferstehen kann, in unseren Köpfen, so, wie er eigentlich war. Ein Date mit Sisyphos wäre sicher ein Hammer Abend. Er war ein spannender König, voller Schalk und Weisheit, ein kleines bisschen Mafia wohl auch.

Wenn Du ein Date haben könntest mit jemandem aus der Geschichte.

Wen würdest Du wählen?
- Nebukadnezar?
- Dschingis Khan?
- Hump, Häuptling der Mennecon?
- Musashi?
- Goethe?
- Kant?
- Christopher Columbus?
- Oder lieber den Piraten Schwarzbart?

Wähle drei Männer aus der Geschichte, mit denen Du gerne ein Date gehabt hättest. Begründe Deine Entscheidung mit je drei Eigenschaften. Könnte es sein, dass Du Lust bekommst, einige dieser neun Eigenschaften Deinem Date-PleasureAmmon hinzuzufügen?

Heute ist aber kein Date Tag.

Wir haben eine viel wichtigere Aufgabe:

Heute befreien wir Sisyphos. Lassen ihn wieder auferstehen Sprengen seine Ketten. Schenken ihm ein neues Leben.

Statt für immer und ewig den Felsblock den Berg hochzurollen, passiert nach dem trilliardsten Versuch folgendes:

Er kämpft mit dem Block...

Hier muss ich kurz etwas einfügen, wenn wir schon von dem schwitzenden Sisyphos reden:

Es gab einmal eine Studie an 100 Nonnen.

Der einen Hälfte wurde täglich etwas Männerschweiß zum Riechen auf einem Wattestäbchen gereicht. Der anderen Hälfte nicht.

Die letztere Gruppe zeigte nach drei Monaten Zeichen von Depressionen. Die Schweiß-Gruppe nicht.

Noch ein Argument für einen LoD (Liebhaber ohne Date), denn zum Schwitzen würdest Du ihn hoffentlich bringen ,-)

Sisyphos also rollt mit blutigen Händen und sicher schwitzend den Felsblock den Berg rauf.

Und plötzlich, nach Trilliarden Versuchen...

kommt er mit dem Felsblock oben auf dem Hügel an.

Kann es nicht glauben, sieht den Horizont, die aufgehende Sonne und schreit vor Freude.

Diesen Freuden-Urschrei hätte ich gerne gehört. Setzt er sich hin und weint? Die Jahrhunderte bereuend, die er damit verbracht hat, den Felsblock den Berg raufzurollen, inklusive der zerschundenen Hände, der wunden Füße, der Endlosigkeit seiner Bemühungen?

Oder widmet er sich dem neuen Tag? Und gibt dem Felsblock einen Riesentritt, die Kraft hat er ja nun wohl, nach all dem Training und lässt den Felsblock runterpoltern in ein anderes Leben – und rennt vor tiefster Freude jubelnd auch den Berg runter – nur eben in eine andere Richtung? In ein neues Leben?

OK, Sisyphos haben wir befreit von dem schrecklichen Karma, aber auch von dem Kleben in einer Geschichte, die gar nicht seine war. Er wird falsch zusammengefasst. Wie bei „Herzblatt", wo jeder Teilnehmer nach allem was er über sich erzählt hat, am Ende stichwortartig zynisch zusammengefasst wird.

Sein Leben endete in einer anderen Form von Shitstorm. Shitstorms können so grausam sein, dass Menschen sich umbringen. Ganz kurze Message an alle Shitstorm Opfer. Der Shitstorm kommt. Der Shitstorm geht. Sei stark genug es auszusitzen. Der Moment wird kommen, oder Du kannst ihn auf die Erde holen, indem Du Deine Geschichte neu schreibst. Hierzu will ich Dich ermutigen.

Sitze es aus. Ruhe in Dir. Sei stärker. Als die Shitwerfer.

Ich finde, seine Befreiung, Sisyphos' Befreiung, ist eine Sisyphos Walpurgisnacht wert.

Geht und feiert, tanzt, lacht und trinkt auf Sisyphos.

Glückskeks des Tages:

Gutes Tun befreit. Und kann Spaß machen.

PS: Vielleicht solltest Du in Betracht ziehen, jeden siebten Deiner heiligen freien Abende dem Etwas-Gutes-Tun zu widmen.

Tag Dreißig

Der Nahkampf

Dass man sich rund um die Welt Mit-dem-Leid-umgehen-Styles abschauen kann, weißt Du ja schon aus Manhattan.

Dass man sich im Shaolin Kung-Fu sehr viele im Leben anwendbare Weisheiten abschauen kann, wirst Du noch auf die sanfte Tour lernen.

Heute aber ist der strenge Trainer mit der Trillerpfeife zurück.

Seepferdchen, Hai, Totenkopfschwimmer...

Schon vergessen?

Heute geht es in den Ring. In den Box Ring. In ein nach Schweiß riechendes Kickbox-Studio voller muskulöser Männer.

Um ein guter Kickboxer zu werden, muss man lernen, einstecken zu können. Da kann es schon passieren, dass Du erst Mal eine gedonnert bekommst. Ein gekonnter Kick in Deine Schläfe kracht, dass Du denkst Dein Schädel fliegt davon, mitsamt den Zähnen. Und Du völlig entsetzt und geknockoutet in den Seilen landest. Du nur noch weinen, leiden, aufhören willst.

Das ist aber keine Option beim Kickboxen. Aufstehen, weitermachen ist die Devise. Die einzige Option.

Und mit jedem Schlag, den Du abbekommst, lernst Du, besser einzustecken.

Schläge, Kicks, Rückfälle, Niederlagen, Schmerz, Seitenstechen, Atemlosigkeit.

Die kommen vor. Regelmäßig.

Mit vorhersehbarer Regelmäßigkeit.

Bedeutet, Du lernst nicht nur einzustecken, sondern Deine gesamte Einstellung ändert sich. Weil Du weißt, dass Du eine gedonnert bekommen wirst, verbesserst Du automatisch Deine Abwehr. Deine Schutzhaltung. Du lernst, selber auszuteilen. Du wirst konzentrierter, um den kommenden Kick vorherzusehen, Dich wegzudecken, Ihn zu parieren. Du wirst besser darin, einen Schlag auszuhalten.

Schusselig drüber gelesen?

Lies den Paragraph nochmal.

Und wenn Du wieder eine gedonnert bekommst, stehst Du auf und machst weiter. Erhobenen Hauptes.

Exercise of the Day:
Sprich mindestens sieben Männer an. Geh in einen Club, in eine Bar. Du bist über das Seepferdchen längst hinaus. Sprich Männer an, die Dir gefallen. Schöne Männer, sexy Männer. Nicht die leichte Beute Übungstypen. Du willst das Hai-Abzeichen.

Im Besten Fall endet das Manöver in einer tollen Nacht.

Es kann aber auch ganz anders kommen.

Ziel ist es – errätst Du es? – Dir Abfuhren einzuholen. Nicht die Zuckerwatte Abfuhren vom Online-Dating-Schwarm, der Dich gedisst hat. Kein süßer Alessandro/Vlatko, der schweigt.

Nein, Du willst das Hai-Abzeichen.

Ich wünsche Dir (neben schönen Nächten) ein paar echte Abfuhren. Im echten Leben. Wo auch noch Leute zuschauen, vielleicht sogar Deine Freundinnen.

Wer nicht wagt, der nicht gewinnt. Denn wenn Du lernst, es einfach auszuhalten, dieses blöde Gefühl, das Ziehen im Magen, das peinliche Erröten, das Wohin-soll-ich-schauen, wenn er wegschaut? Er nicht an

Dir als Frau interessiert ist. Das ist das Gefühl, das Du kennenlernen willst. In echt. Das ist es, was Du aushalten können solltest. Und zwar ganz bewusst.

Und dann lerne damit umzugehen. Lerne, Niederlagen einzustecken. Die Kickbox-Kicks des Lebens auszuhalten, dann dreh Dich einfach um, schulterzuckend, und tanze weiter. *So what?*

Also ran an den Speck. Auf ins Nachtleben. Ins echte, reale Leben.

Wenn Du Dir sieben Abfuhren eingeholt hast (neben hoffentlich paar schönen Abenden), sich Deine Konzentration vorher, Deine mentale Kampfhaltung während verbessert hat, Dein Umgehen mit einem Nein, Danke, dann hast Du wirklich was fürs Leben gelernt.

Nach einem Online Nein blätterst Du jetzt einfach weiter? Einer der Männer, der Dich wie auch immer glücklich gemacht hat, schweigt? Und Du verabredest Dich einfach mit einem anderen?

Ist Dein Umgang mit Ablehnung spielerischer geworden? Du bist im Einstecken sportlicher drauf?

Nähst Du Dir jetzt das Hai-Abzeichen an den Bikini? Trägst stolz das goldene Hai-Tattoo am Oberarm? Eigentlich bist Du schon lange Hai, hast aber rausgefunden, dass Du mit dem Seepferdchen-Shirt/Verhalten die besten Männer anziehst?

Wie auch immer. Das Hai-Abzeichen hast Du Dir redlich verdient.

Und eine Belohnung auch.

Such sie Dir selber aus ;-)

Glückskeks des Tages:

In Kampfsportstudios kannst Du nicht nur den so notwendigen Männerschweiß

riechen, es sind da auch beträchtlich viele echt knackige Kerle unterwegs. Mehr

als beim ZumbaPilates.

Tag Einunddreißig

Der Traumprinz

Du steckst immer noch in der Qual der Wahl fest?

Exercise of the Day:
Beantworte die Frage:
Wenn Du schon einen freien Abend hast, was wählst Du:
Toller Liebhaber, tolles Date oder Pilates? Deine Entscheidung ;-)

Neben dem Männerschweiß Wattebällchen habe ich ein weiteres Argument für die Inbetrachtnahme eines LoDs (jetzt schreib ich aber zum letzten Mal Liebhaber ohne Date dahinter).

Als ungewollter Single bekommt man oft den supertollen Rat, dass man findet, wenn man nicht sucht. Dass Frauen in einer glücklichen Beziehung Männer anziehen, wie blühende Hyazinthen die Bienen – unfreiwillige Singles aber nicht. Na Super-Rat Herr Therapeut, besorgte Freundin oder Schwägerin. Bringt einen zum Kochen vor Wut oder gleich zum Losheulen.

Glückliche Beziehung – woher nehmen wenn nicht stehlen?

Trick sieben könnten ein oder zwei oder drei sorgfältig auserwählte LoDs sein, idealerweise solche, die wissen, wie man eine Frau so richtig glücklich macht.

Denn eine Frau, die dieses Glück ausstrahlt, diese Zufriedenheit, zieht mindestens ebenso Männer an wie Schlagsahne die Katze.

Männer, macht Eure Hausaufgaben. Es gibt mehr als eine Art, um eine Frau zum Orgasmus zu bringen. Oder war das nie Dein Ziel, solange Du zum Orgasmus kommst?

Männer, die Lust auf Leidenschaft haben (ohne drohende Beziehung), gibt es wie Sand am Meer. Sehr gute Liebhaber nicht ganz so viele, aber es gibt sie ;-)

Nichts wäre logischer, als wenn sich eine getrennte, geschiedene, verlassene Frau erst einmal einige schöne, leidenschaftliche Nächte gönnt. Mit einem sehr guten Liebhaber.
Woran hakt es also?
Viele Frauen haben eine so unendlich lange Liste an Wunschkriterien, dass jeder Amor völlig überfordert wäre. Geschweige denn der Algorithmus einer Dating Seite.

Der ideale LoD muss nur ein einziges Kriterium erfüllen: Nämlich Dich im Bett glücklich machen und zwar restlos, auch wenn er

- Klein
- Dick

- Zu dünn
- Nicht so schön

ist

- Seine SMS kindlich oder voller Grammatikfehler sind
- Er vielleicht den Müll nicht trennt
- Graus: den Dialekt Deiner Heimatstadt spricht
- Die schrecklichsten Alptraumschuhe trägt, das inakzeptabelste Auto fährt, ein Klapp-Fahrrad hat? etc. etc. etc.

Dies ist eine Denksportaufgabe ;-) Eine Elementare:
Hoffentlich stellt diese These Deine Liste an Anforderungen, die Du bisher gestellt hast, auf den Kopf. Total auf den Kopf. In Frage. Total in Frage.

Wir alle sind mit den Märchen vom Traumprinzen aufgewachsen. Schön und gut. Schlimm ist, dass viele von uns auch im Erwachsenenalter daran glauben. Und vor lauter Traumprinzensuche die schönsten Erlebnisse, die tollsten Erfahrungen schlichtweg verpassen.

Lasst uns heute den Traumprinzen über Bord schmeißen.
Rein mit ihm in den tiefen Brunnen, wirf ihn raus aus dem Fenster von Deinem Schneewittchenturm.

Ja, ich weiß, dass es Rapunzel war, die im Turm, die aus dem Fenster ihren langen Zopf warf. Aus dem geöffneten Fenster. Viele

Traumprinzsuchenden haben aber kein Fenster in ihrem Turm. Da gibt es nur den Traumprinzen oder gar nichts. Sie sitzen in einem Glasturm, der so hermetisch verschlossen ist, wie der Sarg im Schneewittchen Märchen. Vergeblich auf das männliche Schneewittchen wartend, das sie wachküsst.

Du hast Sisyphos von seinen Fesseln befreit, wie cool ist das denn?! Dann wirst Du doch wohl die läppische Aufgabe bewältigen, das Bild von Deinem Traumprinzen aus dem Fenster zu werfen.

Egal, was Dein Traum von einem Prinzen ist. Ist die Liste Deiner Wunschkriterien eine Seite lang? Drei oder einundzwanzig?

Weisheit des Tages:
Man kann den Wald vor lauter Bäumen nicht sehen, oder die tollsten Männer hinter der ellenlangen Wunschkriterien-Liste verpassen.
Die Illusion des Traumprinzen schmeißen wir heute aus dem Fenster.

Bist Du bereit?
Ähnelt Deiner Ken von Barby, oder eher dem Traum Deiner Mutter „Akademiker, gutverdienend, wohlgebildet, intellektuell und vor allem nett zu ihr?". Ist Dein Beuteschema cooles Tattoo, Steroid Muskeln, gerne mindestens 1,90m, aber Du willst auch Intellekt? Schreib die Liste Deiner Traumprinz-Kriterien auf. Alle. Was auch immer sie sein mögen.

Steck sie in Dein (vorher geleertes) Sparschwein und dann raus damit (ohne einen Passanten zu töten). Schmeiß es raus aus dem Fenster, bis Du es zerkrachen hörst. Und wehe Du rennst hinterher, um deinen Traumprinz-Wunschzettel aus dem zerschmetterten Sparschwein zu retten. Den Gehweg kehren aber darfst Du. Das gerettete Gesparte hebst Du Dir für eine unvergessliche Nacht der Leidenschaft ohne Traumprinzliste auf. Denn ohne diese Liste kann sie endlich stattfinden. Vielleicht in der Suite, die Du vor dem Seepferdchen-Stadium ergoogelt hast?

In der Zwischenzeit kannst Du hoffentlich selber schallend drüber lachen. Wie sah Deine aus?
Groß, gutaussehend, schwarzhaarig, Sixpack, bestens verdienend, gut bestückt, toller Liebhaber, Dir intellektuell ebenbürtig, gebildet, kinderlieb, dieselben Hobbys, verständnisvoll, dennoch männlich, lustig aber ehrgeizig, etc. etc. etc. etc. etc. etc. und treu?

Komm, das ist lustig. Sehr lustig.

Traumprinz war gestern. So retro

Geschafft? *High Five Girl!*

Schreit dies nicht nach einer neuen Walpurgisnacht?
Organisier sie Dir, wie Phönix-Style feiern geht, weiß du ja ;-)

155

Dieser Hangover dauert wohl eher drei Tage...

Verbotene Substanzen:
Die Schere im Kopf. Das Telefon, WhatsApp, Facebook. Dating-Sites.
Kopfhörer bleibt auf, die Vorstellung, die LoD-Versuchung im Raum.

Erlaubte Substanzen:
Soviel Aperols, Sex on the Beach, Musik wie Du willst.

Glückskeks des Tages:

Wer will schon einen Glückskeks im akuten Hangover Stadium?

Tag Zweiunddreißig

To Excel
(engl.: über sich hinauswachsen)

Du denkst, Du kommst so leicht davon?

Zeit, Dich zu befreien.

Beginn: Jetzt.

Auf den Startblock, Mädel!

Dein strenger Trainer hat die Trillerpfeife schon am Mund.

Mein Mann/Ex war ein toller Mann weil?

Er war ein ganz toller Hecht. Meine Freundinnen waren neidisch. Er hat mich zum Essen eingeladen, mir Souvenirs von seinen Geschäftsreisen mitgebracht. Mir jeden Tag einen guten Morgen gewünscht. Immer das Auto enteist. Er war ein toller Liebhaber. Wir konnten stundenlang diskutieren. Er hat so begeistert von seinen Ideen erzählt. Er war so schön. Er hat mir jedes Mal Komplimente gemacht. Er hat sich in meinen Hund verliebt.

Und dann?

Kam der Alltag. Die Kinder. Die Verantwortung. Ich habe zugenommen. Er hatte Stress. Wir hatten uns nichts mehr zu sagen. Er nahm sich eine

Geliebte. Geldsorgen. Ich nahm mir einen Geliebten. Alltagsermüdung. Streit um Yoghurtbechermülltrennung.

Wenn Du jetzt denkst: Warum soll ich meinen Abend damit verbringen, über meinen Ex zu schreiben? Ich hab doch schon ein neues Leben begonnen? Dann bist Du schon sehr fortgeschritten. Vor allem wenn Du wirklich ohne jegliche Bitterkeit an die Vergangenheit denken kannst. Aber dann bist Du eine von wenigen.

Hat beim ersten Mal nicht so gut geklappt und die ganze Woche hattest Du wieder die alten Kamellen im Kopf?

Der Likör nach dem schweren Mahl:

Gönne Dir eine lila Pause: Mach ein paar normale Dates klar, iss was Du willst, genieße das Leben. Wie steht es mit dem 21 Männer anschreiben? Tolle Dates klarmachen? Weitergekommen? Spaß gehabt? Niederlagen erlebt?

Probier doch mal indische Wochen, oder drei andere Nationalitäten, die Du noch nie gedatet hast…

Dann: Noch mal von vorne, genau wie beim Langstrecken-Tauch-Training, da muss man auch immer wieder aufs Neue auf den Startblock und in das kalte Wasser springen. Immer, immer wieder.

Üb es in der Realität: Wenn die Frage über Deinen Ex auftaucht, beginne die Geschichte mit „Mein Mann/Ex war ein toller Mann"…

Solange, bis die Dramen der Vergangenheit locker davon schweben wie Löwenzahnsamen im Frühling.

Exercise of the Day:
Die Excel-Tabelle.

Setze Dich hin und schreib alles auf, was Du an schönen Erinnerungen an Deinen Mann/Ex hast.
Was hat Dich so an ihm erregt? Fasziniert? Beglückt. Begeistert?
Mit Deinem schönen Stift auf ein schönes Blatt Papier. Nicht in die schöne „Neues Leben Agenda".

Dann wende den Effizienzquotienten an:
Klapp Deinen Laptop auf und öffne eine neue Excel-Tabelle (heute keine Kärtchen).

Spalte 1:
Tolle Erinnerungen an/Eigenschaften von Deinem Ex.

Spalte 2:
Reale Eigenschaften Deines Ex (Fußball/Bier/zu viel Arbeit/Teebeutel im Ausguss).

Spalte 3:
Schlechte Eigenschaften Deines Ex (Schulden/Rechthaber/Geiz/Lügner)

Spalte 4:

KO Kriterien: Deshalb ging es auseinander.

Wir sind mitten in den Vorbereitungen für das Totenkopfabzeichen.

Keine Schwäche zeigen.

Du hast einen Tag für diese Tabelle.

Laptop zu.

Belohnung:

Wein, Sandwich, Lieblingsserie…

Pustekuchen.

Heute füllen wir nicht Deine Nachtigallenkehle, Dein schönes Bäuchlein. Heute füllen wir den Rucksack Deines Lebens, für die schwierigen Momente/Auseinandersetzungen mit einem Schatz.

Lasse die Consultants die Kunst des Krieges von Sunzi (Sun Tzu) lesen. Alles, was Du in Krisensituationen neben echten Freundinnen brauchst, ist die Weisheit des Shaolin Kung-Fu (meine Kurzinterpretation):

Sei wendig wie der Affe

Geschmeidig wie der Kranich

Effizient kraftvoll wie der Tiger

Weise wie die Schlange

Unvorhersehbar wie der Drache

Schnell wie die Gottesanbeterin

In Dir ruhend wie der Bär

Wenn Du – statt Dir nur ein paar Worte in Deinen Rucksack zu packen – die Weisheit des Shaolin Kung-Fu verinnerlichen möchtest, schaue Dir einfach die Videos im Anhang an, oder noch besser: mach ein Probetraining aus ;-)

Und dann am Morgen, dem Morgen nach der Excel-Tabelle, wie beim echten Leistungssport:

Nach dem Aufwachen, gleich nach dem ersten Kaffee:

Laptop wieder auf.

Versuche der Tabelle noch drei positive Dinge über Deinen Ex hinzuzufügen.

Erlaubte Substanzen:

Die Verlängerung der indischen Wochen oder der Neubeginn einer spanischen? Blumensamenbomben werfen.

Glückskeks des Tages:

Wenn es Zen beim Abwaschen gibt, können wir Weisheit in Excel finden.

Tag Dreiunddreißig

Der Pfundskerl

Österreich ist für seine wunderschönen Berge und Seen bekannt, wird aber international gesehen nicht oft in Zusammenhang mit Weisheit erwähnt.

Dabei kommt das schönste Geschenk nach dem Trennungsjahr, pünktlich zur Scheidung, aus Österreich.

Dass ein Schwarm, wenn er Dich nicht mehr anruft, egal, wie toll, schön säuberlich eingeschubladet in die Vergangenheit gehört, wissen wir ja schon dank der arabischen Grammatik.

Selbst die deutsche Sprache verkörpert diese Notwendigkeit.

- Präteritum (unvollendete Vergangenheit, Nachvergangenheit, Imperfekt oder 1. Vergangenheit, in Österreich häufig „Mitvergangenheit"[1]): *ich liebte*

- Perfekt (vollendete Gegenwart, Vorgegenwart oder 2. Vergangenheit, in Österreich häufig „Vergangenheit"[1]): *ich habe geliebt*

- Plusquamperfekt (vollendete Vergangenheit, Vorvergangenheit oder 3. Vergangenheit): *ich hatte geliebt*

(Zitat von Wikipedia: https://de.wikipedia.org/wiki/Vergangenheit)

So einfach ist es. Denkst Du. Dachte ich. Ich liebte, ich habe geliebt, ich hatte geliebt...

Schnee von gestern. Es war Deine Hausaufgabe, es zu schaffen, Deinen Ex als Schnee von gestern zu bezeichnen. Deine Phönix-Aufgabe.

Und dann hat sich doch wirklich diese österreichische Weisheit in die Phönix-Diät geschlichen, einfach so, ohne Visumsantrag. Gut, Österreich hatte ja schließlich auch keinen Brexit. Aber trotzdem.

Hast Du drüber gelesen?

... Präteritum (unvollendete Vergangenheit, Nachvergangenheit, Imperfekt oder 1. Vergangenheit, in Österreich häufig „Mitvergangenheit"[1]): ich liebte

Mitvergangenheit. Was für ein geniales Wort. Natürlich sind Dein Ex und Alessandro Deine Vergangenheit. Aber weil sie nicht unbedeutend Dein Leben und somit Dich beeinflusst haben, sind sie Deine Mitvergangenheit.

Gehört der Vergangenheit an, aber strahlt eben doch bis ins Heute.

Vielleicht solltest Du gar nicht sagen, mein Ex, Schnee von gestern, sondern mein Ex, meine Mitvergangenheit.

Mitvergangenheit…

Wenn Du Dir Nougat-Crisp-Eiscreme auf der Zunge zergehen lässt, tanzen Deine Geschmackszellen vor Freude, die Sinnes-Synapsen vibrieren vor Lust.

Lasse Dir Mitvergangenheit auf Deinen Gehirnwindungen zergehen, bis die grauen Zellen glühen und neue Hirnwindungs-Synapsen entstehen, geheime Türen sich öffnen, neue Denkmodelle kreierend.

Dein Ex, Alessandro, sie sind beide Teil Deiner Geschichte, Deines Lebens, haben zu dem, was Du heute bist, beigetragen. Mitvergangenheit – ein geniales Wort. Die Frage ist nur: Gereinigt oder nicht? Verdaut oder nicht? Liebevoll oder nicht hinter Dich gelassen habend?

Wenn Mitvergangenheit Schmerz, Wut, Kummer oder Leid im Heute bedeutet, ist die Zeit für einen Frühjahrsputz der Vergangenheit gekommen.

Sobald Du aber strahlend sagen kannst, mein Ex ist meine Mitvergangenheit ohne jeglichen Groll, ohne jegliche Bitterkeit, dann hat Österreich gewonnen, hat einfach so die Phönix-Diät korrigiert. Dein Leben bereichert.

Und Du hast es geschafft!

Auf die Österreicher! Auf nach Österreich zum Heurigen. Nicht unwahrscheinlich, dass Du da einen Pfundskerl triffst. Deine Mitvergangenheit darf mitreisen, locker, leicht wie ein Schmetterling, der die Boudlaia umtanzt. Sie ist präsent, wird aber Deine Pfundswonnen mit dem Pfundskerl nicht stören.

Warum ist eigentlich dieses wunderschöne Wort aus der Mode gekommen. Pfundskerl? Bedeutet kein Zahnstocher und ein Kerl zum Pferdestehlen. Kommt sofort auf meinen Wunschzettel ;-)

Glückskeks des Tages:

Kreiere Dir Dein eigenes Pfundskerlfest.

PS: Meinst Du, ich mach Dir den Mund wässrig auf einen Pfundskerl ohne Geheimtip, wo Du einen finden kannst? Keine Sorge, ich lasse Dich nicht alleine. Einmal im Jahr gibt es ein offizielles Pfundskerlfest. Aber nachdem Pfunds sicher nicht genug unverheiratete Männer für Euch alle hat…
Leg doch einfach nach den indischen und spanischen Wochen eine österreichische ein. Oder fahr wie gesagt einfach hin. Statt einen Plan zu machen, welche Sehenswürdigkeiten Du besichtigen möchtest, welche Restaurants, welche Spas… Lass die anderen ihre heiligen Ferien mit Ayurveda-Einläufen verbringen. Plane drei tolle Abende, drei tolle Nächte. Nichts einfacher als das: Suche Dir österreichische

Dating Portale aus und kündige Deinen Besuch an. Dann lass Dich überraschen, welcher Österreicher Dich gerne von österreichischen Qualitäten überzeugen möchte ;-)

Wie gerne würde ich Dein Gesicht sehen, wenn Dich dann jemand fragt: *Na, und was hast Du in Deinem Urlaub vor?*

Tag Vierunddreißig

nōminitō

nōminitō, nōminitāre, bedeutet benennen, einen Namen geben.

Lass uns keine Zeit mehr an den Ex verschwenden, auch die verschollenen Vlatkos dieser Welt können uns heute schnuppe sein.

Macht doch viel mehr Spaß, mit der Frage nach einem LoD weiterzumachen.

Ist LoD überhaupt der richtige Name?

Liebhaber ohne Date sagt einiges – aber sagt es Alles?
Es bedeutet, dass Du die irrelevanten Vorher-Dates auslässt (wenn es Dir nur um Liebhaber Qualitäten geht) und Du Dich gleich zum Match triffst.

Aber bedeutet dies auch zwingend, dass Du danach strahlst?
Mathematisch-logisch betrachtet nämlich nicht.

Um Dich der Frage anzunähern, ist die Exercise of the Day:

Wie würdest Du Deinen idealen Liebhaber benennen?
Wie benennst Du Deine vergangenen Liebhaber?

Es liegt sehr viel Weisheit in der Namensgebung, den man vorher erst einmal aussuchen muss... Die Namenssuche und -gebung ist auf ihre eigene Art heilig.

Welche Namen wählst Du?

- Kalashnikov
- Sonnengott
- Complicated Pretty
- Grumpy Godzilla
- Turkish Delight
- Summer Breeze
- Paradiesvogel
- Gin Fizz
- Kamikaze
- Kuschelbär
- Shrek
- Sylvester Rakete oder
- (großer Unterschied) Feuerwerk

Deine Hausaufgabe, Deine Liste. Widme dieser Frage einen Abend. Ja, klar gehört ein Glas Wein dazu oder zwei. Schreib sie in Deine schone neue Agenda.

Kopfhörer auf!

Am Tag danach ist es Zeit. den Gedanken weiter zu spinnen.

LoD ist eine sehr schöne Option, ein spannendes Gedankenmodell.
Aber...

Wäre ein PLfD nicht noch viel besser?
Der perfekte Liebhaber für Dich?

Noch besser ein PLfDoD ;-) je öfter desto besser!

Jetzt schwirrt Dein Kopf?
Zeit für eine Pause...

Gönn Dir einen Glückskeks
Uups, leider schon alle aufgegessen...

Tag Fünfunddreißig

Verzaubert

Heute darfst Du ganz viele Likes vergeben. *So viele Du willst.*

Du denkst, das bedeutet OkCupid? Obwohl Du doch schon längst über das Sternevergeben und Favoriten wählen hinaus bist?

Weit gefehlt ;-)
Die Dating-Portale sind und bleiben heute geschlossen.

Du hast als Schwan begonnen, wolltest für immer mit Deinem Partner zusammen bleiben. Ein schöner Traum, der manchmal wahr wird. Du aber bist Single. Willst Du, wie ein Goldfisch, immer im selben Glas im Kreis schwimmen? Es ist nie gut, das Leben stets aus demselben Blickwinkel zu betrachten.

Ich habe Dich nach Italien und New York entführt. Und ins traumhafte Arabien.

Die indischen Wochen und die spanische Woche haben Deine Reiselust geweckt, aber Du kannst Dir keine Weltreise leisten oder erlauben?

Pah, irdische Fesseln. Wir sprengen sie. Phönix steht für fliegen, frei sein, wiederauferstehen.

Heute geht es nicht um Dates und auch nicht um Dich.

Die Quintessenz des Männlichen:

Wir sind Frauen, contemporary, zeitgenössische Frauen, mit der Freiheit zu wählen, zu verhüten, zu daten, zu heiraten, wen wir wollen, unsere sexuelle Freiheit zu leben, Firmenchefin zu werden, als Sub sich wieder einem Mann zu unterwerfen, Astronautin zu werden oder eine Bio-Kommune zu gründen. Unseren Partner zu wählen, uns scheiden zu lassen. Zu studieren, zu promovieren. Mama zu werden mit 18 oder 38.

Der Mann und das Männliche. Die Essenz des Männlichen. Du hast jetzt einige Variationen kennengelernt. Ganz persönlich und real. Weißt Du, was Du an einem Mann verewigenswert findest? Wie Du das Männliche verewigen würdest? Wenn Du es könntest. Stell Dir einfach mal vor, Du seiest Künstlerin. Wen würdest Du verewigen wollen und wie?

Dann: Schau Dich mal in der Kunstwelt um. Männer haben Frauen seit Jahrhunderten verewigt. Als Muse, als Sex-Göttin, als Göttin der Weiblichkeit, dem Wunder des Mama Seins, als abgewrackte Müde, als strahlende runde Obstverkäuferin.

Wie verewigen zeitgenössische Künstlerinnen die Essenz des Männlichen? Als unvergesslichen Liebhaber, als im Zenit stehenden, umwerfenden Sportler, jeden vibrierenden Muskel zelebrierend, als weisen Tiefgründler, als herablassenden Börsenhai? Als gierenden Puff-Besucher? Als betrunkenen Oktoberfestbesucher?

Nein, tun sie bis auf ganz wenige Ausnahmen nicht.

Was das mit Dir zu tun hat?
Solange wir Frauen des 21. Jahrhunderts den Mann, das Männliche, die Quintessenz des Männlichen nicht verewigenswert finden, nicht den Drang empfinden, das Unvergessliche, Atemberaubende im Mann wahrzunehmen, zu bewundern, zu zelebrieren, sind wir vielleicht noch gar nicht bereit für den Traumprinzen des 21. Jahrhunderts.

Dies gesagt habend...
Schau Dir doch einfach mal an, wie zeitgenössische Künstler die Essenz des Männlichen verewigen.

Unsere Weltreise wird Dich nach Aserbaidschan entführen, nach Palästina, Indien, China, Mexiko und Schottland. Nach Bulgarien, Nagaland, Kuwait, China, Syrien und Zypern. Sogar auf den Grund des Meeres.

Du kannst ein Land nach dem anderen besuchen, oder eines pro Woche. Die Geschwindigkeit dieser Reise bestimmst Du.

Lehne Dich zurück. Du kannst die Reise im Laptop antreten, auf dem I-Pad oder, noch einfacher, auf Deinem Handy.

www.the-male-eternalized.com

Dann subscribe einfach den Blog, somit bist Du automatisch und kostenlos auf jeder weiteren Reise mit dabei. Es werden noch viele folgen.

Jede Reise verändert den Blickwinkel. Auch auf das eigene Leben.

Du willst etwas von Deiner Freude zurückgeben?
Jedes Like, jeder Share, jedes Subscribe erfreut den jeweiligen Künstler.
Also sei großzügig.

Glückskeks des Tages:

Es gibt verewigenswerte Männer.

Auch wenn Du sie nicht malen kannst, nimm sie wahr,

Tag Sechsunddreißig

Der Zauberstab

Wer war noch mal Dein Ex? Alessandro? Vlatko? Aber jetzt will Dir der tolle Brian nicht mehr aus dem Kopf und Du leidest?

Noch mal: Dating für Anfänger. Drei Dates oder sieben Dates hintereinander waren enttäuschend? Haben sich nicht wieder gemeldet oder waren semi-toll? So what!

Post-It kommt, Post-It geht, Zapper Oublier, Manhattan. Fülle die Pipeline und dank der neuen Dates schiebst Du Alessandro/Vlatko/Brian, oder wie sie heißen mögen, in die Schatztruhe der Erinnerungen. In die Vergangenheit. Vom heute ins Gestern, dem Land der schönen Erinnerungen, ohne Groll. Wenigstens liegen sie als schöne Muschel in Deiner Schöne-Nächte-Schale.

Du hast aber erst einmal genug vom Zapper Oublier, Netflix Dating Ding?

Keine Sorge, ich auch.
Dann ist es wohl Zeit für was Neues.

Wenn Du denkst, ich lade Dich jetzt ein, doch mal das Sub-Dom-Ding zu probieren. Weit gefehlt.

Sehr weit gefehlt. Jeder soll nach seiner Facon glücklich werden.
Aber: *großes Aber.*

Da dieses Sub-Dom-Ding oder Dom-Sub-Ding gerade totale Mode ist, möchte Dich einfach einladen, die ganze Sache mal aus einem anderen Blickwinkel zu betrachten. Mal wieder.

Rechtsanwälte (Entschuldigung nach links und nach rechts) befriedigen sich in Parkhäusern oder im Büro, weil es sie anturnt, dass irgendeine dieser Sekretärinnen, die gerade Handbuch eins Sub/Dom gelesen hat, ihnen befohlen hat, eben dies zu tun und zwar pronto und erwischbar. Selfie-Video Beweis inklusive.

Wer hat denn da noch Lust ein Parkhaus zu betreten?
Würdest Du Deinen Chef/Chefin dabei erwischen wollen?

Ungezählte Frauen in der Geschichte haben für die Emanzipation gekämpft. Wir dürfen wählen, wir dürfen uns scheiden lassen, wir dürfen studieren, wir dürfen unsere Leidenschaften ausleben, wir dürfen Auto fahren. Wir dürfen ohne Schleier durch den Frühlingswind rennen. Nackt in einen See springen. Pilotin werden, Präsidentin, Firmenchefin oder Ökobäuerin.

Und Du willst Dir jetzt von einem Dom sagen lassen, wem Du einen blasen darfst? Und danach darfst Du denjenigen danken, denen Du einen hast blasen dürfen? Hallo?

Es gab mal eine Frau, die während eines Griechenlandurlaubs elf Männer an den Strand eingeladen hat. Dann hat sie nackt für sie getanzt und denen, die ihr gefallen haben, erlaubt sie zu genießen.

Nein, ich war das nicht.

Sie hat gewählt. Sie hat entschieden.

Ich stelle jetzt einfach mal eine unfundierte Frage in den Raum. Könnte es sein, dass einige Mädels, Frauen (und Männer) sich nach der guten alten Zeit zurücksehnen, wo der Mann das Sagen hatte? Die Dinge klar geregelt waren. Papa/Ehemann sagt an, Frau gehorcht und dafür gibt es vielleicht sogar ein bisschen Aufmerksamkeit?

So ein großes Geschenk, entscheiden zu dürfen, auswählen zu dürfen. Schuhe. Liebhaber. Kalbs- oder Rindfleisch. Oder eben organisch, vegan.

Endlich frei. Der Traum von so vielen Menschen.
Um dann als Sub zu enden?

Wenn Du willst, Mädel, geh den Weg. Aber Du wirst sehen, er wird die Farbe Deiner Gedanken verändern.

Ich urteile nicht, ich verurteile nicht, geh den Weg, aber auf diesem einen werde ich Dich nicht begleiten. Du hast ja eh schon genug Proviant, um ohne mich zu gehen.

Wo waren wir stehen geblieben?

Du bist über Alessandro/Vlatko/Dirk hinaus, aber jetzt leidest Du wegen Brian?

Kein Trick 17 hat es bisher geschafft, Deine Wut und Deinen Groll sich in Luft auflösen zu lassen? Die Kaffeetasse nicht, New York nicht, Zapper Oublier nicht, der Knoblauchtag nicht etc. etc...

Du kannst Dir die Welt ohne Brian nicht vorstellen?

Lasse Sesam sich öffnen.

Ist doch beruhigend, dass schon die arabische Sprache vor Jahrhunderten davon gewusst hat und sie als Imperfekt bezeichnet hat. Eben nicht perfekt ;-) Grins.

Du hattest schon wieder schusselig drüber gelesen? Das Geschenk versteckt sich im Zitat.

...Diese sind das Perfekt, das abgeschlossene Handlungen in (meistens) der Vergangenheit ausdrückt und das Imperfekt, das

für Handlungen verwendet wird, die nicht abgeschlossen oder
wiederkehrend sind.

(Zitat: http://www.grammatiken.de/arabische-grammatik/verb1.php)

Schau mal auf die wunderschönen Klammern. Mit dem noch schöneren meistens darin.

Bedeutet: Du bist nicht die Einzige. Schon die arabische Sprache hat lange vor Dir gewusst, dass Vergangenheit und Gegenwart eben nicht immer so einfach zu trennen sind. Dass es eben nicht immer ein Klacks ist, sich aus der Vergangenheit zu befreien und in die Zukunft zu wandern.

Und wenn schon die arabische Grammatik so gnädig ist, dann sollte der strenge Trainer wohl auch Milde vor Recht walten lassen und Dir erlauben, Alessandro/Vladko/Arcun/Brian, oder wie immer er heißen mag, noch ein bisschen länger im Rucksack mitzuschleppen. Wenn Du noch ein bisschen leiden willst.

Höchste Zeit fürs Zuckerl...

Zeit für eine neue Dimension. Die dritte Dimension. Die Welt der Wunder.

Eines Tages in den Bergen, in einem sehr gemütlichen Haus, in dem noch gemütlicheren Salon, saßen Gäste und diskutierten angeregt über Wege, die Erleuchtung zu erlangen. Die Schwierigkeit, die Erleuchtung zu erlangen. Und die Frage, was Erleuchtung wohl sein möge.

Hörte ein kleiner Junge im Pyjama (der sich in der Zwischenzeit zu einem tollen jungen Mann entwickelt hat) aufmerksam zu. Verschwand, kam wieder, rannte aufgeregt auf die Erwachsenen zu. Stolz. Strahlend. Mit leuchtenden Wangen und blitzenden Augen.

„Leuchtung?
Ganz einfach:
Musst nur den Knopf drücken."

Und hielt strahlend einen kleinen Plastikhund hoch, den man durch Knopfdruck zum Leuchten bringen konnte.
Die Welt der Erwachsenen aus der Sicht eines Kindes.
Ein präziser, effizienter Lösungsvorschlag.

Du steckst fest? Die Kaffeetasse will nicht verschwinden, ebenso wenig wie Dein Frust und Deine Wut und Dein Sehnen nach wie auch immer er heißt?

Nimm Dir die Weisheit des Jungen zum Vorbild.
Versuchs mit einem Knopfdruck. Präziser: In diesem Fall mit einer App.

Nicht nur in Büchern versteckt sich manchmal viel Weisheit und viel Erfahrung, sondern eben auch in gewissen – wenigen – Apps.
Du glaubst mir nicht? Sagt man nicht, wer's glaubt wird selig? Probiere es doch einfach aus:

Entflieh doch einfach der Welt für einen Moment. Alles was Du tun musst, ist die App runterladen, Oculus Rift auf, und die Reise beginnt.

Entfliehe dem Alessandro/Vlatko/Domi in Deinem Rucksack und der Last diese Sehnsucht mitzuschleppen einfach durch einen Knopfdruck. Fliehe in die virtuelle Welt, beame Dich an einen Ort, wo Du alle Alessandros/Vlatkos/Domis dieser Welt einfach Mal vergessen kannst.

Jetzt geh und leih Dir von Freunden eine Oculus Rift aus und freu Dich auf einen Abend in einer anderen Dimension.

Und da wir alle sehr unterschiedlich sind, biete ich Dir ganz unterschiedliche Welten an, in die Du Dich beamen kannst.

Dein Selbstbewusstsein ist unterirdisch, wegen irgendeinem schweigenden Mann? Vielleicht solltest Du das Ritual des roten Teams einstudieren: https://www.youtube.com/watch?v=1XgkrsqO8ks

Dir steht ein Date mit einem tollen Mann bevor, aber Du hast Muffensausen? Genieße dieses Erlebnis sieben Mal und Du solltest lächelnd das Haus verlassen.
https://www.youtube.com/watch?v=PJ5Rei6c0DQ

Genug der Männer? Du willst wirklich in eine andere Dimension entfliehen? Nichts einfacher als das:

Für Apple Users: https://itunes.apple.com/us/app/starflight-vr/id986863855?mt=8

Die App im Google Play Store: https://play.google.com/store/search?q=StarflightVR

Oder Du machst Pause und genießt Kunst:
The Male Eternalized gibt es auch in der VR 360° Version. Bedeutet, in einer virtuellen Galerie. Setz einfach die Oculus Rift auf und schon bist Du mitten im Blog.
Die 360° VR Version kannst Du auf www.the-male-eternalized.com herunterladen.

Innehalten, wahrnehmen, sich beschenken lassen, auf die Seele warten… Bleibe so lange in der virtuellen Welt, bis Du wieder Lust aufs reale Leben hast. Lust, weiterzulesen. Lust, die Vergangenheit hinter Dir zu lassen und das Heute voll und ganz und frei zu umarmen.

Und wenn Apps nicht Dein Ding sind. Fahr raus, leg Dich irgendwo hin und schau in den Sternenhimmel bis Dir schwindlig vor Freude ist.

Glückskeks des Tages:

Erschaffe Dir Deinen persönlichen Schrebergarten. Mental, einen den Du immer besuchen kannst, wenn Dir danach ist. Eine Oase der Freude, der Farben, der Fülle und des Friedens.

Tag Siebenunddreißig

Der ideale Liebhaber

Jetzt können wir so richtig ungestört über Liebhaberqualitäten reden. Die Zauderer sitzen ja noch fasziniert in der virtuellen Welt. Wir sind unter uns.

Falls Dir die Idee eines idealen Liebhabers gefällt, fragst Du Dich vielleicht: Und wie kommt man an so was?

Bevor Du Dich überhaupt der Frage des Wie widmest, stellt sich doch erstmal der Frage nach dem Was.

Wenn Du Deine Wünsche nicht kennst, wie sollen sie sich erfüllen?

Sagen wir Mal Deine Freundinnen schenken Dir einen Nachmittag mit einem sündteuren Toyboy. Und nehmen wir mal an, es gäbe unter Toyboys so viel Auswahl wie für Männer, die eine Edelprostituierte wählen wollen. Dem ist nicht so, aber wir stellen es uns jetzt einfach mal vor.

Was für einen würdest Du Dir aussuchen?

Was sind die Qualitäten – liebhabertechnisch die Du wählen würdest, könntest Du wählen wie aus einer sehr ansprechenden und appetitlichen Speisekarte der Optionen?

Ob Du diese Frage zelebrierst, Dir einen Toyboy oder einfach einen Liebhaber vorstellend, ist Deine Entscheidung. Deine Wahl. Schon wieder: *Deine Wahl!*

- Sixpack? Zärtlich? Gut bestückt? Dafür nehme ich xxx in Kauf.
- Küsst und hält Dich als wärst Du die Starbesetzung eines Liebesfilms? Donnerkraft eines Erdölbohrers? Schönes Gesicht? Dafür nehme ich xxx in Kauf.
- Erfahren in Tantra Sex? Zärtlich? Schenkt Dir einen Haut-Orgasmus? Dafür nehme ich xxx in Kauf.
- Mag es eher ein bisschen härter? Marathonausdauer? Durchtrainiert? Dafür nehme ich xxx in Kauf.

Oder nimmst Du zur Sicherheit lieber gleich zwei? Falls der durchtrainierte Marathon-Ölbohrer-Typ die sanfteren Varianten der Liebeskunst nicht drauf hat, oder Du einfach Lust hast, das mal auszuprobieren?

Zu früh für einen Mädelsabend. Ganz ehrlich ist es jetzt am einfachsten alleine.

Was macht Dich glücklich im Bett oder außerhalb?
Was sind Deine geheimsten Wünsche, Phantasien?

Zeit, um PleasureAmmon zu spielen.
Nicht das schon bekannte Date-PleasureAmmon. Heute legst Du Dir

Dein eigenes Liebhaber-PleasureAmmon. Raus mit den leeren roten und blauen Kärtchen, den neuen Kontinenten.

Zeit, die Kärtchen zu füllen, ohne Scham. Widme dem Liebhaber PleasureAmmon einen ganzen Abend. Mit dem schönen Stift. Vielleicht eine Zigarre? Ein Whiskey? Kennst Du den Unterschied zwischen schottischem und japanischem? Lass die Geschmacksknospen Deiner Zunge diesen Unterschied kennenlernen. Er ist gigantisch.

Heute backst Du Dir den idealen Liebhaber. Vergiss die Date-Kriterien. Heute geht es einzig und alleine um Liebhaberqualitäten.

Du kannst Deiner Phantasie freien Lauf lassen. Fülle 21 rote Kärtchen mit positiven Liebhaberqualitäten Deines Geschmacks und sieben blaue Kärtchen mit negativen Eigenschaften, die Du dafür in Kauf nehmen würdest. Lass Dir Zeit, soviel Du willst.

Und dann. Lege je drei Liebhaber-Qualitäten, die Du Dir wünschst und eine negative, die Du dafür in Kauf nimmst, in eine Reihe.

Die Joker:

2:2: *Der Prinz:*

Kennt den Unterschied zwischen klitoralem und vaginalem Orgasmus, beherrscht beide Techniken?
Nimmt zwei positive Kärtchen ein, Du darfst nur eine

weitere positive Eigenschaft dazulegen und musst xxx und xxx in Kauf nehmen.

2:2: Der Krieger:

Ist sehr gut bestückt und Du magst das?

Nimmt zwei positive Kärtchen ein, Du darfst nur eine weitere positive Eigenschaft dazulegen und musst xxx und xxx in Kauf nehmen.

1:3: Der Sonnengott:

Du strahlst wenn er geht? Egal, was er richtig macht, dies nimmt drei positive Kärtchen ein und Du musst dafür xxx und xxx und xxx in Kauf nehmen.

1:3: The Emperor:

Lässt Dich unter sieben Orgasmen nicht nach Hause, egal, wie er das schafft? Er weiß dass es noch mehr Möglichkeiten gibt, eine Frau zum Orgasmus zu bringen als vaginal und klitoral und beherrscht sie? Falls dies der Fall ist, ist dies die einzige positive Eigenschaft, Du hast einen Diamanten gefunden. Das nimmt den Platz von drei Kärtchen ein, dafür nimmst Du sogar xxx und xxx und xxx in Kauf und vielleicht sogar noch ein xxx.

Genieß, dieser Abend sollte ein göttlicher Abend sein. Heute backst Du Dir Deinen perfekten Liebhaber in allen möglichen Variationen.

Lass Dir das Resultat auf der Zunge zergehen zusammen mit dem Whiskey.

Vor dem Ins-Bett-Sinken, mit oder ohne Sandwich: Nicht vergessen, das Liebhaber-PleasureAmmon Resultat zu fotografieren, auf Deiner schönen externen Festplatte speichern und im Handy löschen.

Am Tag danach, lächelst Du immer noch ob der Fülle der Möglichkeiten?

Stell Dich der
Frage des Tages:
Lohnt es sich nicht, für einen göttlichen Liebhaber xxx und xxx und xxx in Kauf zu nehmen? Wer braucht den perfekten Mann für draußen, wenn er drinnen nichts taugt?

Oder würdest Du Dich für den perfekten Mann für draußen entscheiden, obwohl er im Bett nicht taugt? Deine Wahl, Mädel.

Den perfekten Mann all inclusive gibt es nur im Märchen und vielleicht für die Glücksmarie.

Das Match – Passion versus Passion.
Tennismatche sind Dir ja jetzt vertraut. Diesmal tauschen wir aber die Spieler aus. Kannst Du Dir ein Tennismatch vorstellen zwischen Passion und Passion?
Möge der Bessere gewinnen.

In fast allen europäischen Sprachen gibt es zwei Hauptbedeutungen von Passion:

Leidenschaft wie die Leidenschaft mit dem idealen Liebhaber. Schweißtreibend, intensiv, Höhepunkte erlebend, nicht immer ganz leise, hoffentlich ohne jegliche Frage nach der Schokoladenseite. Freie, tolle, Lust bereitende Passion. Diese gehört in das PLfDoD Kapitel (der perfekte Liebhaber für Dich ohne Date).

Und dann gibt es noch eine andere Passion. Leidenschaft wie Scrabble, den Regenwald retten, Deine eigene Firma, Code, Ballett, Vogelexkursionen oder was immer Deine liebhaberfreie Passion sein mag.

Schick die beiden gegeneinander ins Rennen.

Diäten sind brutal ;-) Es gibt nur entweder oder. Kohlenhydrate oder Eiweiß.

Wenn ein Mann all Deine Passion-Wünsche erfüllt als Liebhaber und Ihr völlig matcht, er aber mit keiner Deiner Freizeit-Passions überhaupt nur das Geringste anfangen kann?

Oder wenn ein Mann völlig Deine Passion für Scrabble/Windhund, oder was immer teilt, Ihr matcht wie perfekte Tennis-Partner? Er aber, was Leidenschaft betrifft, also die andere Passion, so gar nicht Dein Fall ist? Was ist Dir wichtiger? *Entscheide Dich.*

Yoga-Kurs vernachlässigt? Jetzt wäre der Zeitpunkt mal wieder hin zu gehen. Asanas ideal zum Nachdenken. Dann schlaf eine Nacht über die Passion versus Passion Thematik.

PS: Kundalini Yoga fördert die Erweckung eingeschlafener sexueller Energien. (Schon die Kundalini-Schlange vergessen, die den Regenbogen küsst? Bad idea). Hege und pflege sie.

Leistungssportlerin, die Du jetzt bist. Sofort nach dem ersten Kaffee am nächsten Morgen, zurück zum PLfD Thema. Dem perfekten Liebhaber für Dich. Ohne Zeit für einen möglichen Hangover.
Falls Du mit körperlicher Leidenschaft liebäugelst:

Wie sähe so ein Treffen dann aus?

Ganz einfach:
Ihr trefft Euch auf dem Tennisplatz. Sprich, Ihr verabredet Euch für Leidenschaft. Online. Klärt vorher genau: Was Du willst, was er will und wenn das ganze Online-Vorgespräch locker, höflich und angenehm verläuft, erwartest Du ihn in Deinem persönlichen Liebhaber-Outfit.

Ohne ihn jemals vorher „draußen" getroffen zu haben. Spring ins kalte Wasser, das kannst Du doch jetzt schon ;-)

Weisheit des Tages:
Falls Du Dich nämlich vorher auf ein Glas Wein triffst, wirst Du einen „alten" Grund finden, um ihn als Liebhaber zu disqualifizieren. Ich kenn Dich in der Zwischenzeit und Du Dich auch ;-)

Wie gesagt, vielleicht geht die Tür auf und er ist dicker, dünner, verbrauchter, faltiger, glatzköpfiger, kleiner, als auf dem Foto. Willst Du ihn deswegen heimschicken? Weil er Deinem Bild vom Traumliebhaber nicht entspricht? Ein Tattoo mehr als auf dem Foto hat? Die ganze Zeit von der Ankunft bis zu Abschied Kaugummi kaut, auch während... Solange er Dich glücklich macht. Wo cares? Lasse es einfach geschehen, vielleicht findest Du raus, dass er trotz allem Dein idealer Liebhaber ist. Der PLfDoD für Dich.

Erlaubte Substanzen:
Date Pause, Pilates, Zumba, Lingerie anprobieren, in Phantasien und in Männerprofilen unter dem Liebhaberaspekt schwelgen.

Glückskeks des Tages:

Ich soll die ganze Arbeit alleine machen? Jetzt bist Du dran. Schreib Deinen eigenen Glückskeks.

Tag Achtunddreißig

Der Schatz

Keine Sorge.

Dies wird keine Schatzsuche.

Wir alle wollen ja mit unserer heiligen Freizeit effizient umgehen.

Öffne die Excel-Tabelle.

Mach einen neuen Rider auf.

Was war die Schnittmenge in Eurer Beziehung, die mit Deinem Ex?

Sozusagen der Wir-Rider.

Was waren die Dinge, die Ihr geteilt habt, was hat Spaß zusammen gemacht? Worin habt Ihr Euch ergänzt?

Zusammen kochen? Gleitschirm fliegen? Schach spielen? Nächtelange PlayStation-Wettkämpfe? Gemeinsam die Firma, das Haus aufbauen? Die Kinder? Der Hund?

Erlaubte Substanzen:

Prosecco, Kopfhörer, Sandwich, den Wir-Rider weiter füllen.

Verbotene Substanzen:

Ständig auf die k.o. Kriterien starren und die alten Kamellen auf-kochen. Mein Gott, er hatte eine Geliebte, Kind mit einer anderen,

Spielsucht, Geiz, etc. So what? Dieses Leid gibt es schon so lange, wie es uns Menschen gibt. Du kannst Deine Aufmerksamkeit darauf richten, oder eben nicht.

Spinning Round 2

Hinauf mit dem Popöchen aufs Rad.

Auf in die zweite Runde:

Jetzt ergänzt Du die Tabelle um noch einen Rider.

Der repräsentiert Dich.

Ja, Du hast richtig gehört.

Was hat ihn an Dir fasziniert?

Fülle für Dich auf dem neuen Du-Rider je eine Spalte mit

* Deinen besten Eigenschaften (aus den Augen Deines Ex, oder derjenigen, die Dir wichtig sind)
* Den guten
* Deinen Schwächen
* Und den k.o. Punkten, die Du zum Ende der Beziehung beigesteuert hast.

Du hast einen Tag für diese Tabelle.

Nicht so leicht? Vielleicht brauchst Du hierfür Wochen. Das ist OK.

Auch wenn er ein A.L. war (das Wort das mit Ar beginnt und mit lo weitergeht). Was waren die Plus- und Minuspunkte auf Deiner Seite? Niemand wird diese Excel-Tabelle jemals lesen außer Dir. Also fülle die Spalten aus, so weh es auch tun mag. Und nein, dies mindert seinen A.L. Status nicht im Geringsten. Schmälert keine seiner Gemeinheiten.

Aber jetzt geht es um Dich. Fülle die Spalte Deiner Schwächen aus. So schwer es Dir auch fallen mag. Speicher sie als Vergangenheit, leg sie in der Excel Tabelle ab, statt sie ins nächste Abenteuer mitzunehmen.

Ab heute gilt:

Finetune und vervollständige Deine Geschichte und Excel-Tabelle solange, bis alles „gesagt" ist. Egal, wie viele lila Pausen und indische Wochen und Sandwiches es braucht...

Nach dieser Excel-Tabellen-Challenge, versuch es erneut:

Mein Mann war ein toller Mann (dabei lächelst Du). Wir hatten eine tolle Zeit. Wir haben zusammen Berge erklommen, zwei tolle Kinder auf die Welt gebracht/Tanzmeisterschaften gewonnen/den Kilimandscharo bestiegen/etc. Wir hatten Träume und wir hatten Pläne. Wir waren ein tolles Paar. Lächelnd.

Und dann...

Das übliche halt. Dann kamen die schwierigen Jahre, das haben wir leider nicht gepackt. Immer noch lächelnd. Schade, aber wahr. Aber das ist Vergangenheit.

Ich bin glücklich getrennt. Und hab ein neues Leben begonnen. Das bin ich heute.

Oder Du erzählst die Geschichte Manhattan Style.

Haben dich früher mitleidige Blicke getroffen, wenn Du von Deinem Ex erzählt hast?
Wie sehen die Gesichter der Menschen aus, denen Du Deine Geschichte anders erzählst?
Vielleicht zeigen sie einen Hauch Bewunderung? Neid?
Fühlt sich besser an, oder?

Fragst Du Dich jetzt schmollend, wo der versprochene Schatz in diesem Kapitel bleibt?

Der Schatz ist der Wir-Rider.
Bisher hast Du vier der fünf Kärtchenfarben benutzt.

Auch wenn auf Deinem Wir-Rider nur ein einziges Wort stehen sollte, wie zum Beispiel unbegleitete Flüchtlingskinder unterstützen, Schneetouren mit Fellski, Hundejöring, Schrebergarten, oder was auch immer.

Würdest Du die weißen Kärtchen Deines Date-PleasureAmmon mit dieser Eigenschaft oder Tätigkeit füllen wollen?

Wie würde so ein weißes Scrabble/Windhunderennen/Wildkräutersammeln, oder was auch immer Dein Ding ist Kärtchen Deine Date-PleasureAmmon-Kombinationen verändern?

Die Karten wären ganz neu gemischt.

In einem Casino würde der Croupier jetzt sagen „Faites vos Jeux".

Aber irgendwas fühlt sich nicht richtig an. Oder?

Richtig erkannt. Einigen von Euch wird das was auch immer auf dem Wir-Rider stand noch wichtig sein, den anderen nicht. Oder es ist Dir vielleicht wichtig, aber Du erwartest nicht mehr, dass ein neuer Partner diese Leidenschaft teilt? Man kann sich ja auch anderweitig Leute für Fellski-Abenteuer suchen.

Vielleicht hast Du gar keine Lust mehr, irgendwelche Freizeit-Aktivitäten mit den neuen Männern in Deinem Leben zu unternehmen. Erst Mal. Du triffst Dich lieber indoors, für Leidenschaft, Deinem neuen Lieblingssport? Oder hast in den letzten Wochen vielleicht ganz neue Lieblingsaktivitäten entdeckt?

Du bist Hai.
Warum soll ich Dir sagen wofür die weißen Kärtchen gut sind?

Probiere es einfach aus. Füllst Du die weißen Kärtchen mit seinem Gehalt (was durchaus ein Entscheidungsfaktor bei Frauen sein kann), wird Dein PleasureAmmon ganz anders aussehen, als wenn Du die weißen Kärtchen zum Beispiel mit Nationalitäten oder Sportarten ausfüllst. Vielleicht entscheidest Du Dich, auf die weißen Kärtchen zu verzichten?

Entscheide selber.

Glückskeks des Tages:

Schatz und Glückskeks?

Bist Du größenwahnsinnig geworden?

PS: Du willst nichts aber auch gar nichts aus dem Wir-Rider mit in die Zukunft nehmen und fühlst Dich um den Schatz betrogen – nicht mal ein Glückskeks hast Du bekommen?

Blondinchen ;-) Dreh den Spieß um. Brille auf und Fokus auf den Du-Rider. Du nimmst nichts aus dem Wir-Rider mit in die Zukunft, aber Du nimmst auch keines der peinlicheren Elemente aus Deinem Deine-Schwächen-Rider mit in die Zukunft. Was auch immer da stehen mag, lasse es hinter Dir.

Wenn Du in dieser Excel-Tabelle keinen Schatz findest, hast Du geschummelt, zurück auf Start. Wenn Du selbst mit der Lupe nichts findest, lasse Dir von einer Deiner Freundinnen den Schatz für Dich zeigen.

Tag Neununddreißig

Innehalten
Das Bild

Der Bub im Pyjama, der den Erwachsenen seine simple und effizien-te Lösung der Erleuchtung in Form eines leuchtenden Plastik-Pudels offerierte, wuchs zu einem tollen jungen Mann heran.

Eines Tages stand er in der Küche und verspürte den Wunsch, sich abzustoßen und in die Luft zu springen.

Und er sprang. Und er flog in die Höhe, wurde aber in der Freude des Sprungs jäh unterbrochen durch das Splittern der dahinterliegenden Balkontür, an der er sich hatte abfedern wollen.
Bis heute ist der Glaskrater als Zeugnis der Freude noch erhalten.

Weißt Du noch, wie es war, als Kind die Rutsche runterzurutschen und zu jauchzen vor Freude?
Vom Springbrett zu springen? Auf dem Sprungbrett abzufedern, um fliegend über den Bock zu springen ohne Gedanken an die Figur?
Dieser – blödes Wort aber treffend – dieser Impuls, so freudvoll sich abzustoßen und loszulassen, ganz frei die Schwerkraft zu überwinden und die Dimension zu wechseln und sei es um ein paar Zentimeter.

Diesen Impuls im Herzen zu empfinden wünsche ich Dir.

Die Phönix-Diät will Dich einladen, diese Vorfreude auf den Sprung, das Fliegen, wieder in Dir zu entdecken, sie wieder zu beleben. Die Lust zu wagen, zu träumen, zu hoffen, zu springen, zu rutschen, zu fliegen. Bedeutet nicht:

- Wegen irgendeinem Geliebten den Mann zu verlassen.
- Wegen eines Selbstfindungstrips die Kinder zu vernachlässigen.
- Schulden zu machen, um einen Traum zu verwirklichen.

Ich spreche von dem Mut, der spontanen Idee, etwas zu tun.

- Sprich den tollen Mann an. Das schlimmste, was passieren kann, Dein zerschundenes Knie also, Deine kaputte Balkontüre, ist, dass er statt begeistert mit Dir zu flirten, einfach desinteressiert durch dich durch schaut.
- Einen Flirt oder eine Affäre zu wagen (wenn Du Single bist), auch wenn er sich vielleicht nie wieder meldet, oder sich als Flop erweist.
- Du eine zündende Idee hast, egal, was und erstmal jahrelang keiner außer Dir selbst und einer Handvoll Freunden daran glaubt.

Um fliegen zu können...

dieses atemberaubende Gefühl in die Wolken zu schießen, sich im Sturzflug zur Erde zu stürzen, den Himmel zu erobern oder einfach auf dem Wind dahinzusegeln. Um dieses göttliche Gefühl zu erleben, musst Du Dich abstoßen, musst Du losfliegen wollen. Statt im Gestern hängen zu bleiben.

Ist ein Abenteuer nicht ein zerschundenes Knie wert?

Glückskeks des Tages:

Ikarus wäre nie geflogen, hätte er Angst vor dem Absturz gehabt.

Tag Vierzig

Das Donnerwetter

Wenn wir schon beim Bild sind, dem Bild des zerschundenen Knies...

Das Bild, das Du von Dir hast, stellen wir heute mal in Frage.

Du denkst, Du kennst Dein Spiegelbild?
Hmn, dann schaue mal in einen arabischen Spiegel.

Du hast genug von dieser unorthodoxen Annäherung an das Thema Liebe/Daten/Leiden etc.?

Pech gehabt.
Ich hab nämlich gerade so richtig Freude dran. Und Du und ich sitzen in einem Boot. Und ich sitze am Steuer ;-) Tja, statt Dir zur Entspannung einen köstlichen Leckerbissen zu präsentieren, wird's erst einmal noch so richtig schön komplex. Schließlich willst Du das Haifischschwimmerabzeichen behalten. Gibt's nicht für Weicheier. Oder Drückeberger.

Vom Perfekt ausgehend werden alle Verben gebildet. Dabei spielt die dritte Person Singular maskulin eine wichtige Rolle, da die starken Verben nur die Wurzel enthalten, also das Wort

in seiner Urform anzeigen. Alle weiteren Personen werden mit
Suffixen gebildet.

(Zitat: https://de.wikibooks.org/wiki/Arabisch:_Sammelstelle_Perfekt)

Dabei spielt die dritte Person Singular maskulin eine wichtige Rolle...
Alle weiteren Personen werden mit Suffixen gebildet.

Sind wir Frauen in „übrige Personen" zusammengefasst? Und das
auch noch als Suffix? So eine Art Beigabe? Anhängsel um präzise zu
sein. Die dritte Person Singular maskulin dahingegen spielt eine wichtige Rolle. Die Briten würden sagen unf... believable. Ich entschuldige
mich für meine Sprachwahl. Aber das ist schon ein Megahammer.
Soviel zum Thema Emanzipation.

Statt aber die arabische Sprache anzuklagen, drehe ich den Spieß um.

Und zwar ziemlich aggressiv.

Das bist Du.

Du verstehst nicht, was ich damit sagen möchte?

Seit etlichen Kapiteln versuchst Du, Deinen Ex/Alessandro/Vladko/Domi,
oder wie auch immer er heißen mag, zu vergessen. Einen Typen, der nicht
wirklich unglaubliches für Dich geleistet hat. Du hast ihn noch nicht einmal im Fort-Stage kennengelernt. Und Du gibst ihm diese Wichtigkeit. Ihm,
der dritten Person Singular maskulin. Dem jetzigen Er in Deinem Leben?!

Wir Frauen im 21. Jahrhundert, Spiegelbild des von der arabischen Grammatik verkörperten Grundprinzips „das Männliche herrscht, die Frau gruppiert sich davon abhängig darum herum".

Die arabische Grammatik hat Recht. So sind wir (die meisten) Frauen.

Das sind wir. Mädels. Das leben wir. Und so lange wir einem dahergekommenen Typen, egal wie süß, umwerfend, charismatisch oder was auch immer er auch sein mag so viel Macht über unsere Zeit, unsere Wünsche, Träume und Gedanken, ja sogar unser Glück zugestehen, verdienen wir es zu leiden. Weil wir selbst drin kleben bleiben. Drin kleben bleiben wollen?
Im Leid oder im Liebeskummer zu verharren ist unsere freie Entscheidung. Deine Entscheidung, darin zu verharren, oder eben Dich davon zu befreien.

Deine freie Entscheidung.

Die arabische Sprache ist hier nur ein Spiegel Deines Selbst. Du selbst benimmst Dich wie ein Suffix, welches völlig und total vom omnipräsenten ER abhängig ist. Sich abhängig macht. Du machst Dein Lebensglück von ebenjenem aktuellen ER abhängig.

Willst Du das? Willst Du so leben? Als Opfer?

Wenn Du jetzt nicht Alessandro/Vlatko/Domi über Bord werfen kannst, ist es vielleicht Zeit, Dich als Suffix, als Anhängsel zu erkennen. Als hilflosen, wahllosen, abhängigen Schlüsselanhänger eines (aus Deiner Sicht) starken ERs.

Zeit das zu ändern, Girl.

Leiden war gestern.

Befrei Dich endlich! Hör auf zu warten, fang ein neues Leben an!

Und nachdem das Donnerwetter doch ein gewaltiges Donnerwetter war, darfst Du Dir jetzt endlich den versprochenen Leckerbissen gönnen.

Ein Salami Sandwich.

Salaam (Frieden) und Salami haben nämlich dieselbe Wortwurzel. Du solltest also nach dem Sandwich Frieden mit Dir selbst gefunden haben, so wie Du bist. Und sei es, dass Du Frieden damit finden musst, das geborene und lebende Suffix (abhängiges Anhängsel) zu sein.

Die Wurzel S L M: Die Idee hinter diesen drei Konsonanten ist nichts Geringeres als der Frieden, auch hier wieder „Frieden im weitesten Sinne". Dies kann der innere Frieden mit einem selbst sein aber auch der äußere Frieden. Interessant ist die vierte Zeile der Ableitungsmatrix, aus ihr geht nämlich die universelle Idee der Religionen hervor

(Zitat: „Reise durch die arabische Sprache – zu den verborgenen Schönheiten",

Franz Morcinek, Arabische Wurzeln, Die Mathematik der arabischen Sprache)

http://public.beuth-hochschule.de/~morcinek/Reise/Stat_10.htm

Also gönn Dir eins. Italiensicher Stil in einem leckeren knusprigen heißen Pannino, französischer Stil mit etwas Chaource (oh non, schreien
entsetzt die Franzosen, wir mischen nie Salami mit unserem heiligen
Chaource). Ich entschuldige mich formal. Euer Chaource ist einfach
zu göttlich. Wir können die Salami ja auch ganz politisch korrekt auf
eine duftende Pizza legen, mit französischem Chaource ;-)

Und während Du in das knusprige, göttliche Sandwich beißt, stelle
ich eine gewagte These auf: Die Römer waren ja ein kriegerisches
Volk. Die Italiener eher nicht. Sie essen, singen und lieben lieber.
Wenn ich der mathematischen Wurzelextraktion gedanklich folge,
könnte ich schlussfolgern, dass die Salami, die ja dem Wortstamm
nach dem Wort Frieden entspricht, ungefähr zur Zeit des Niedergangs
des römischen Reiches erfunden wurde und einen Kriegerstamm zu
Friedensliebhabern gemacht hat. Könnte das mal bitte jemand his-
torisch analysieren? Das wäre eine völlig neue Annäherung an das
Thema Weltfrieden und Frieden mit sich selbst.

Heute ist SLM Tag. Der finde Frieden mit Dir selbst Tag.

Lasse Dir das Sandwich schmecken ;-)

Glückskeks des Tages:

Wer will schon Suffix sein? Du etwa? Hah!
Weg mit denen, die sich nicht melden. Willkommen neues Glück.

Tag Einundvierzig

Die PLfD-Amor-App

Du bist schon lange kein Seepferdchen mehr, Du bist jetzt ein Hai.
Wer war das noch mal, Dein Ex? Vlatko? Brian?

Dieses Buch ist keine Einladung wild rumzuvögeln.

Ob oder ob Du nicht Leidenschaft erleben möchtest, mit einem Deiner
Dates, ist einzig und alleine Deine Entscheidung.
Heute keine Stoppuhr.

Aber die Aufgabe wird vielleicht Schnappatmung bei Dir auslösen.

Stell Dir einfach mal vor, es gäbe ein Portal, auf dem sich alle Suchkriterien und Eigenbeschreibungen und Nachrichten einzig und alleine
um Liebhaberkriterien drehen.

„Niemals!!!" schreist Du? Schrei ruhig. Aber lies weiter.

Weißt Du, welche Suchkriterien Du eingeben würdest? Die Deiner
Liebhaber PleasureAmmon Nacht?

In gewisser Weise schon. Aus Deiner Sicht. Hier aber wird die Fragestellung um vieles detaillierter. Hier hast Du die Möglichkeit, aus unendlich reichhaltigen, manchmal sicher für Dich abwegigen, liebhaber-technischen Suchkriterien, die Du vielleicht erstmal googeln musst, die auszuwählen, die dir gefallen, die Dich neugierig machen. Und das mit der Option, sie anzukreuzen, um dann zu sehen, mit wem Du eben jene Vorlieben teilst. Wer eben jene Wunschkriterien erfüllt.

Wie sonst soll denn der PLfDoD-Amor (oder Du selbst) den idealen Liebhaber für Dich finden, wenn er nur von Grübchen, IQ oder sonstigen Märchenprinz Anforderungen weiß und ein paar Liebhaber-technischen Details? Du wirst ja nicht gezwungen, Dir ein solches Portal zu suchen und hier ein Date klarzumachen. In der Zwischenzeit vertraust Du mir hoffentlich genug, um einfach ruhig weiterzulesen.

Diese Aufgabe klingt nach Poppen.de. Kann man tiefer sinken?

Wir sind alle Menschen, ich lade Dich ein, mutig genug zu sein, mit mir die Reise anzutreten und sei es über meine Schulter schauend. Wir alle waren doch schon auf einer Phantasiereise. Du liegst im grünen Gras, entspann Dich, die Sonne scheint... links von Dir ist ein Fluss, ein Reh kommt vorbei, Du gehst über eine Brücke, tief atmen... und Du kommst an ein Schloss... Darin liegen drei Schätze. Welchen wählst Du?

Auf der Phantasiereise hast Du plötzlich drei Schätze gesehen und einen gewählt. Alles war ganz real.

Zu genauso einer Phantasiereise lade ich Dich ein... Nicht mehr und nicht weniger. Wähle, schau Dich um, lasse Deine Phantasie spielen, vielleicht siehst Du ja Schätze, die ich nicht sehe. Die Du vorher nicht gesehen hast. Siehst Du die Option eines Mannes, der Dir über die Haut einen Orgasmus schenkt? Durch sein perfektes Fingerspiel, wie ein Virtuose? Einer, der Deinen Fußfetisch endlich versteht?
Auf so einem Portal würde nicht in der Selbstbeschreibung stehen, ob er kochen kann oder ob er Shakespeare gelesen hat oder nicht, ob er surft, die Welt bereist hat, Deinen Musikgeschmack teilt, oder an der TTIP Bewegung teilgenommen hat, sondern Dinge wie:

- Liebe es eine Frau nach allen Regeln der Kunst zu verwöhnen.
- Junger, gut bebauter Stud, Sportler, beglückt gerne ausdauernd.
- Ich, jung, würde mich gerne von einer älteren Frau in die Kunst der Liebe einweisen lassen.

Solch ein Portal wäre doch ein Quell der Selbsterkenntnis. Fast schon Quell der Weisheit. Zumindest definitiv ein allen zugängliches Schlaraffenland.

Keine Sorge, wir leben in einer Demokratie und hier darf jeder seine eigene Geschwindigkeit wählen, seinen eigenen Stil.

Aufgabe des Tages ist es nicht, drei PLfDoDs (perfekter Liebhaber für Dich ohne Date) klarzumachen auf solch einer Seite, mit den für Dich perfekten Maßen und Vorlieben und Liebhaber-Qualitäten.

Vielmehr werde ich die Selbsterkenntnis, die Quintessenz von Portalen dieser Art, in Dein Wohnzimmer tragen. Du darfst mir über die Schulter gucken. Ein Weihnachtsgeschenk der besonderen Art.

Auf einem Portal dieser Art könntest Du zum Beispiel eingeben, ob Du einen Mann über 1,90m mit langem aber dünnen Penis suchst (in cm) oder eher einen Kleineren mit kürzerem aber dickerem Penis (in cm).

Wenn Du eine Jungfrau bist, im Horoskop, und gerne Listen über Deine Dates gemacht hast, stand da vielleicht früher:

Alex, Arzt, adrett, 1,85m, Bruttoeinkommen €7500, spielt Golf.
Chris, Marketing Manager, 1,80m, supersüß, muskulös, Wakeboardend, immer pleite. Etc.

Heute könnte die Liste ganz anders aussehen:

Max, 1,95m, 19cm, 6cm, erfahren, Triathlet.
Chris, 1,75, 20cm, 4cm, ausdauernd, steht auf Nuru Massage. Etc.

Weißt Du überhaupt, welche Penisgröße und -dicke Dir taugt?

Ist Dir egal?

Hmn, wer's glaubt wird selig.

Stell Dich doch einfach mal der Frage, welche Länge/Dicke perfekt für Dich wäre.

Du willst kneifen? Nicht mehr weiterlesen? Zu viel des Guten?
Nix da.

Du hattest doch eine ellenlange Wunschliste, was Deinen Traumprinzen betrifft. Wie willst Du den idealen Liebhaber finden, ohne ins Detail zu gehen?
Vielleicht hilft ja ein kleiner philosophischer Ausflug, um Dir zu helfen, Dich der Frage anzunähern. Deine Liebhaber-Qualitäten-Wunschliste etwas zu beleben.

Phantasiereise Phönix-Style:
Es gibt Töpfe und Deckel, die perfekt zusammenpassen, wie füreinander vorbestimmte Puzzlestücke. Das gilt für Ehepaare. Und es gilt für Geliebte. Nicht jede Geliebte passt zu jedem Geliebten. Und umgekehrt.

Es gibt Online-Portale, die erst hunderttausend psychologische Fragen stellen, um rauszufinden ob man zueinander passt. Und bis man gematcht wird, hat man nicht mal das Foto des anderen gesehen. Man wird also nach inneren Qualitäten (und vielleicht Gehalt und Interessen) einander vorgeschlagen. Das körperliche ignorierend.

Warum also nicht den Spieß umdrehen und sich einfach nur auf die körperlichen Attribute konzentrieren?

Das schreit nach einer App.

Einer alles auf den Kopf stellenden Amor-App.

Vergessen wir mal kurz, dass ein Mann eine Frau auf unterschiedlichste Weisen zum Orgasmus bringen kann. Und konzentrieren uns auf die gängigste Lieblingssportart, den Massensport, den zentralen Akt, egal, was vorher, hinterher oder drum rum passieren mag oder auch nicht. Den Akt der Zeugung.

Es gibt ihn schon seit Anbeginn der Geschichte. Sonst gäbe es uns alle nicht.

So werden Pferde gezüchtet, so entstehen kleine Schwäne.

Warum also nicht darüber reden? Über den Akt der Zeugung.

Diese alles auf den Kopf stellende Amor-App wäre natürlich mit einem Wearable Gadget verbunden, genau wie die Uhren von Joggern, die die Herzfrequenz messen und wireless mit dem Endgerät verbunden sind.

Gemessen wird…

Für den Mann:

- Stoßkraft
- Geschwindigkeit
- Frequenz (Übergang von Adagio zu Allegro zu Virtuoso etc. und zurück)
- Format (Maße) des Penis
- Dauer insgesamt (real versus gefühlt) etc.

Für die Frau:

- misst die App, auf welche Kombi der obigen Parameter ihr Körper anspricht, welche Stoßkraft/ Geschwindigkeit/Frequenz/Format/Dauer einen Orgasmus auslöst, wann und was für einen

Das Paar kann dann die eigenen Parameter optimieren oder Frau kann sich per App/Excel Analyse einen Partner suchen, der für den Akt der Zeugung am Besten zu ihr passt. Ebenfalls ohne ein Foto gesehen zu haben.

Edel Partner Portal versus auf den Punkt gebracht App. Auf den Punkt gebracht beinhaltet hier sowohl Effizienz als auch den zum Zittern gebrachten G-Punkt.

Die Gefahren der Box der Pandora:

Männer lieben ja den Wettkampf.

Freunde oder Wildfremde könnten sich messen. Wie bei Gamern. Wer am besten, höchsten, schnellsten, gewaltigsten. Oder eben wer am meisten Erdbeben bei der Partnerin auslöst.

Die Gruppen-Auswertung bekommt man dann aufs Handy in wunderschönen oder eben nicht so beeindruckenden Graphen.

Das Handy des Gewinners applaudiert.

Geniale App ;-)

Finger weg. Ist meine Erfindung. Urheberrecht!

Bis es sie gibt, und vielleicht ist es ja ein Geschenk des Himmels, dass es sie noch nicht gibt, konzentrieren wir uns auf den App-freien Genuss, wenn es um irdische Genüsse geht.

Geniale App?

Peinlich nur, wenn er das Handy zuhause gelassen hat und der rauschende Erfolg ertönt, wenn er nicht zuhause ist.

Schwierig, wenn die App auswertet, dass der beste Freund Deines Partners, seines Bruders, Cousins oder Vaters, eigentlich viel effizienter Deine Erdbeben auslösen würde. Oder einer, der Dir sonst so überhaupt nicht taugt.

Horror. Nachdem ich die Rechte besitze, werde ich das Patent sabotieren. Purer Alptraum, wenn ein Date sich nur auf das Gewinnen des Konkurrenz-Wettbewerbs konzentriert und Du nicht viel mehr als eine aufblasbare, auswaschbare Babydoll bist.

Fazit:

Wearable Hausverbot!

Die futuristische Liebesklärung nach der Verbreitung dieser App wäre es dann, wenn er das Wearable einmal ablegt, ablegen würde vor dem Liebes-, Passion- oder Zeugungsakt.

Schöner Flug, harter Aufprall.
Blöder Ausflug.

So what?

Na klar. Vom Pferd gefallen, lächeln und wieder aufsteigen.

Zurück zu den wearable-freien, irdischen Freuden.

Glückskeks des Tages:

Botox und der perfekte Körper dank Hungers bedeuten keine Glückseligkeit.
Bedeuten auch nicht ein mit PLfDs gefülltes schönes Adressbuch.

PS:

Wir sollen glauben, dass es Glück bedeutet. Ich lade Dich ein, einfach nicht daran zu glauben. Verbessere Deine eigenen LoD Qualitäten, werde durch PLfDs glücklich und strahle diese Zufriedenheit aus. Ist viel mehr wert in der Analyse des Glücks-Effizienz-Quotienten.

Du glaubst mir nicht? Probier es einfach aus.

Tag Zweiundvierzig

Der Schutzengel

Den Blickwinkel verändern...

Du hast aus dem Fenster gesehen, in das Fenster hineingesehen, Du hast die dritte Dimension entdeckt, Phönix-Style.

Lust auf eine neue Dimension?

Das Rauchen der Friedenspfeife (meine Interpretation) beinhaltet die vier Himmelsrichtungen und den Dank nach oben und den Dank an Mutter Erde, also nach unten.

Osten und Westen, die Horizontale, könntest Du als abgehakt betrachten, oder weiterverfolgen wollen.

Die dritte Dimension gab es damals noch nicht (außer vielleicht, wenn der Friedenspfeife ein kleines bisschen visionsfördernde Pflanzenextrakte beigefügt wurden).

Wir aber im Heute, in der Phönix-Diät, waren auch ohne visionsfördernde Pflanzen schon in der dritten Dimension, dank der Oculus Rift und den entsprechenden Apps.

Norden und Süden aber (sprich oben und unten) sind noch ziemlich unentdeckte Kontinente.

Du hast im Blog die Tiefen und Wunder des Ozeans kennenlernen dürfen. Und dank dieses Ausflugs auch die Vergänglichkeit, die Endlichkeit und die Unendlichkeit sprich Ewigkeit kennengelernt. Und neben all den bezaubernden Wundern verstanden, dass Wissen auch Gewissen bedeutet. Act on it!

Oben und unten.

Du hast in den Himmel gesehen, vom Wasser und vom Ufer aus, Du wirst das glitzernde Flimmern des Wassers herunter vom Zehn-Meter-Turm aus betrachten (ein paar Seiten weiter). Unterwassertauchen und Turmspringen: diametral, konträr. Im Phönix-Flug (und sicher im Flugzeug) hast Du die Welt von oben gesehen.

Du hast zu Deinem Mann/Ex hinaufgeschaut. Und irgendwann verächtlich auf ihn herab geblickt.
(Dass ich Dir am Ende dieses Buches einen Mann auf Augenhöhe wünsche, egal, in welcher Disziplin, muss ich ja wohl nicht mehr erwähnen.)
Noch erkennst Du den tieferen Sinn (meine Interpretation) der Friedenspfeife nicht.

Das Leben dreht sich ja nicht nur um Dates und PLfDoDs.

Was für ein Lebenskonzept wäre das denn?

Vor der Phönix-Diät hast Du den Großteil Deiner freien Gedanken damit verbracht, an das Leid zu denken, welches Dein Ex Dir zugefügt hat.

Das ist ja jetzt nicht mehr der Fall.

Du hast also Kapazitäten frei...

Lasse sie uns nutzen.

Ran an die Hausaufgaben.

Vielleicht warten Deine Kinder darauf, ins Bett gebracht zu werden, Dein Nebenjob, um über die Runden zu kommen, die pflegebedürftige Mama?

Aber wie sollen Deine Wünsche wahr werden, wenn Du sie nicht kennst?

Was, wenn ein Schutzengel plötzlich neben Dir steht, Dir eine Wunscherfüllung schenken will und Du kannst keinen Wunsch aussprechen?

Was willst du vom Leben?

Jetzt, wo Du dabei bist, ein Neues zu beginnen, ohne ständig zurückzuschauen?

Einen neuen Ehemann? Vielleicht lieber ein paar tolle Liebhaber? Etwas aus Deinem Leben machen? Drehbücher schreiben? Hundetrainerin werden? Italienisch lernen?

Selbstständigkeit erwähne ich hier absichtlich und bewusst nicht, weil sie sehr oft sieben Jahre durcharbeiten bedeutet und einen leichten Hang zum Masochismus fördert.

Im Jahr des Neubeginns, was wünschst Du Dir?
- Manntechnisch?
- Liebhabertechnisch?
- Lebensinhaltstechnisch?
- Hobbytechnisch?
- Beruflich?

Nach dem Jahr der Befreiung, wenn es um den berühmten Sieben-Jahres Plan geht? Was willst Du erreicht haben? Karriere? Haus? Wohlerzogene, zufriedene Kinder? Dich für die Umwelt eingesetzt zu haben? Bedürftigen geholfen? Wo wirst Du in sieben Jahren von heute sein?

Und nun zur schwersten aller Fragen:

Was willst Du hinterlassen? Was soll von Dir außer Deinen Kindern übrigbleiben (Dein Hund falls es ein Hund ist, wird ja bis dahin wahrscheinlich auch schon das Zeitliche gesegnet haben)?

Diese Frage zu beantworten ist nicht leicht,

Du hast alle Zeit der Welt.

Und da Du jetzt kein Seepferdchen mehr bist, lautet die Exercise of the Day nicht, eben diesen Sieben-Jahres Plan zu erstellen. Dies ist eine Grundvoraussetzung, die ich Dir ohne große Anleitung zutraue und die ich als Training für die echte Totenkopfaufgabe einfach voraussetze.

Der strenge Trainer mit der Trillerpfeife ist zurück. Endlich.

Exercise of the Day:
Schreibe Deine eigene Grabrede.
Richtig gehört.

Willst Du etwa, dass ein wildfremder Pfaffe oder wer auch immer sich dahinstellt und salbungsvoll vor Deinen Kindern, den Menschen Deines Lebens, Sätze von sich gibt wie:

- *Sie war eine liebevolle Mutter*
- *Fürsorgliche Ehefrau*
- *Ein toller Freund*

- *Nur geriet sie leider an den falschen Mann* (und das am Ende Deines Lebens, vielleicht 20 Jahre nach der Scheidung)

Pah!
Nicht mit uns!

Was willst Du, dass man über Dich sagt, wenn Du einmal nicht mehr bist? Bei Deiner eigenen Beerdigung?

Du wirst, wann auch immer der Moment gekommen sein wird, von unten und auch von oben dabei sein. Norden und Süden.

Von unten, wenn Du zuhörst, wie die Erde aufs Grab geschaufelt wird. Der Blick wird leider durch den Sargdeckel verstellt sein.

Von oben, weil wie bei einem Fußball, der gegen die Wand prallt, Energie in die Wand übergeht. In diesem Fall bist Du der Fußball, der ans Ende des Lebens geprallt oder gerollt ist. Diese Energie, also das neue Du, geht dann in den Himmel.

Physik Phönix-Style.

Plötzlich schaust Du von oben zu.

Du wirst Dich der Frage stellen müssen, wessen Schutzengel Du sein willst und was Du für den/die Auserwählte wirst tun wollen. Aber noch bist Du noch kein Schutzengel, im Moment bist Du einfach nur tot. Gerade gestorben.

Und der Himmel gewährt Dir die Zeit, Deine Seele nachkommen zu lassen. Du darfst Deiner eigenen Beerdigung völlig ungestört und ohne Aufgaben nachzukommen, beiwohnen.
Was also willst Du hinterlassen, auf diesen einen Moment hinarbeitend?

Was soll auf dieser Phantasiereise, welche eines Tages Realität werden wird, passieren? Was soll über Dich gesagt werden? In der

Grabrede und danach, nach ein bisschen zu viel Wein, von den trauernden Hinterbliebenen?

Der Ewigkeit entgegen. Wo dann irgendwann so viele Dinge, glückliche Momente und wuterfüllte Stunden allmählich verblassen werden. Du Deinen Ex und die Alessandros/Vlatkos dieser Welt wirklich hinter Dir gelassen haben wirst.

Aus Deiner Sicht und der Sicht der Hinterbliebenen, die Dich wieder, etwas krass, in drei Sätzen wie in „Herzblatt", zusammenfassen werden.

Außer Deiner Liebe und Fürsorge, was wirst Du hinterlassen haben? Was willst Du hinterlassen haben werden?

Noch lebst Du. Kein Mensch weiß wie lange. Also lebe Dein Leben so, dass Deine Hinterbliebenen etwas über Dich zu erzählen haben. Und zwar etwas, was Dich dann da oben stolz machen wird. Und/oder Dich zum Schmunzeln bringt.

Du schreibst Deine eigene Geschichte. Die Deines eigenen Lebens. Du lebst heute den Inhalt Deiner zukünftigen Grabrede.

Regelmäßiger Graskonsum macht die Menschen oft sanft-aggressiv in willkürlich wechselnden Zyklen. Die Phönix-Diät lädt nicht zum Drogenkonsum ein. Aber einmal in sieben Jahren…

Nach drei Tagen nüchterner Arbeit an der Grabrede…

Ist irgendwann vielleicht der Moment gekommen, wo Du Dich mit Deinem Kopfhörer und Deiner Lieblingsmusik an ein Seeufer setzen möchtest, ganz allein. Und nach dem Genuss der Phönix Friedenspfeife mit ein paar unchemischen Hanfblättern darin, schaust Du über das Wasser, die Wellen, den Sonnenuntergang und bist bereit für Deine eigene Vision. Von unten zuschauend, aus dem Himmel herunterblickend, zurückschauend auf das, was Dein Leben eines Tages gewesen sein wird.

Zeit das Göttliche in Deinem Leben zu umarmen. Und das irdische selbst zu gestalten.

Wenn dann noch mal sieben mal sieben Tage vergangen sein werden, sollte Deine Grabrede fertig sein.

Glückskeks des Tages:

 ———————————————

Sei Dein eigener Medizinmann. Hab Visionen, dann geh und lebe Sie.

Tag Dreiundvierzig

Das Schlaraffenland

Vor dem Paradies...

Vor dem Sterben und dem was Wertvolles hinterlassen...

Genieß das Leben to the max...

Das PLfDoD (der perfekte Liebhaber für Dich ohne Date) Thema ist noch nicht ausdiskutiert. Noch nicht zu Ende gedacht.
Selbstverständlich kann man auf einem LoD/PLfD Portal neben der Penisgröße auch nach Haarfarbe, Rauchgewohnheiten oder Körperfülle suchen.
Die, die sich auf dem LoD Portal anmelden würden, würden auch sehr viele Penisfotos sehen. Kann man mögen oder nicht, aber weißt Du eigentlich was für ein Penis Dir gefällt, gefallen würde, welches dieser Fotos Dich ansprechen, anziehen würde?

Männer haben ja keinerlei Problem damit, sich von Busen und intimeren Körperstellen inspirieren zu lassen. Wissen genau, auf was sie stehen, was sie anturnt. Hätten sie keine Freude daran, gäbe es keine Kinder und keinen Playboy.

Und wir?

Warum tun wir es nicht?

Ein Redakteur der Süddeutschen Zeitung hat sich doch wirklich im Jahr 2016 auf einem solchen Portal als Frau angemeldet, um rauszufinden, ob da wirklich Penisfotos verschickt werden.

Wie retro ist das denn? Gibt es da keine Redakteurinnen?

Und wenn Männer Penisfotos verschicken? Männer lieben es Frauenkörper anzuschauen. Warum dürfen/sollen wir es denn nicht lieben? Denn es gibt Männer, die in voller Pracht durchaus angenehm anzusehen sind. Hatte der Redakteur etwa Angst, oder dachte die männlichen Leser hätten Angst, fühlten sich bedroht von kursierenden Penisfotos. Penisneid?

Wie auch immer. Wir leben in einer Demokratie. Konzentrieren wir uns lieber wieder auf uns selbst.

Totenkopfschwimmerabzeichen. Triathlon.

Es wäre jedoch Verschwendung, einen Mann auf seinen Penis zu reduzieren. Vor allem wenn er schön ist.

Der Penis ist wichtig, aber doch lange nicht alles.

Nach Date-PleasureAmmon und Liebhaber-PleasureAmmon was gibt es denn jetzt noch zu entdecken?

Nun, dies ist die Fortgeschrittenenrunde der Liebhaberqualitäten-Wunschliste.

Viele von uns stehen auf ganz normalen Sex.

Aber nicht alle von uns.

Auf dem „der ideale LoD" Portal könntest Du aus folgenden Optionen wählen:

Warte kurz. Auch wenn Dich ganz normaler Sex in den eigenen vier Wanden glücklich macht (vor allem unter Berücksichtigung der Aspekte des Liebhaber-PleasureAmmons), lies trotzdem weiter. Es ist immer gut, den Horizont zu erweitern. Gedanklich.

- Parkplatzsex
- Nuru Massage
- Rollenspiele
Oder
- Dirty Talk
- Beißen
- Multipler Orgasmus
Oder

- Atemspiele
- Süßer Schmerz
- Dominanzspiele?

Oder

- Dessous für Männer
- Exhibitionismus
- Folterspiele?

Oder ganz normale Leidenschaft – aber mit sehr geübten Liebhabern.

Auch hier gibt es ganz normale Liebhaber, die aber versiert, interessiert und begabt genug sind, Dich ohne jegliche Sonderwünsche in den Himmel zu katapultieren und zwar mehrfach. Inklusive der Möglichkeit vorher Deine Wunschmaße einzugeben.

Bisher hast Du Dich mit Dates verabredet, weil sie witzig geschrieben haben, oder Deinem Beuteschema entsprechen. Job/Schuhe/Antlitz/Weltbild/Humor/Bildung/Hobbys.

Male Dir einfach aus, wie es wäre, wenn Du die Wahl hättest:
Würdest Du einen Mann kichernd und errötend daten, wenn Du weißt, dass er auf regelmäßigen Analsex steht, auf Gangbang, vielleicht auch ein bisschen sehr bi ist?

Einen winzigen Penis hat? Härteres SM sein Ding ist? Er gerne Swinger Parties besucht?

Jede Frau steht auf andere Dinge im Bett.

Wenn Du Dir den idealen Liebhaber backen willst, brauchst Du die richtigen Zutaten dafür. Und alle Zutaten hierfür könntest Du auf einem LoD oder noch besser auf dem PLfD Portal finden und auswählen.

Dir pflücken, was Dir taugt und Dinge, die Du liebhabertechnisch nicht magst, vermeiden wie die Pest.

Du denkst, Du seist zu alt für junge Liebhaber? Du könntest MILF in die Suchfunktion eingeben, oder jüngere Liebhaber und Du findest alle, die auf ältere Sexpartner stehen. Du würdest gerne einmal Sex mit zwei Männern haben? Gib MMF ein. Oder MFM.
Du bist im Schlaraffenland gelandet. Liebhabertechnisch auf dieser Phantasiereise.

Du träumst von einem Liebhaber, der Dich als Stradivari erkennt und virtuoser Geigenspieler ist?
Denn nur ein wahrer Virtuose mit Leidenschaft und Hingabe kann eine Stradivari so richtig zum Klingen bringen.

Oder traust Du Dich nie zuzugeben, dass Du auf Plüschtier Sex oder Spanking stehst? Hier im „Finde den idealen Liebhaber" Paradies, könntest Du alles, wirklich alle Liebhaberqualitäten ankreuzen, aussprechen, finden und Dir wünschen. Falls sie nicht aufgelistet sein sollten, könntest Du Dein Ding einfach über Deinen Portal-Namen kommunizieren.

Zumindest um rauszufinden, was Du wirklich willst, was Du wirklich suchst, stelle Dir die Frage, ob so ein Portal für Dich ein Schlaraffenland oder ein Alptraum wäre.

Es gibt Männer unter 1,80m mit nicht sonderlich beeindruckendem Penis, die aber eine Frau nicht unter sieben Orgasmen nach Hause gehen lassen. Und zwar jedes Mal, wenn Du es wünschst.
Es gibt Männer über 1,90m mit sehr beeindruckendem Penis und Du gehst trotzdem ohne Orgasmus nach Hause. Jedes einzige Mal, weil er nie gelernt hat, abgesehen von seinem vom Himmel gefallenen besten Stück, dass er sich auch anderweitig aktiv um Deine Orgasmen kümmern könnte/sollte. Im schlimmsten Fall begegnest Du Deinem Traumpenis, aber sollst ihn nur bewundern und verwöhnen, ohne dass er Dir Wonnen spendet.

Was wählst Du?

Solltest Du Lust bekommen, ein ebensolches Portal zu finden, wenn Du Dich da umschauen wollen würdest, dann mach es richtig: Melde Dich richtig an, mit Text, Beschreibung, Foto, Leidenschaften, Deinen eigenen LoD Qualitäten und Wünschen. Wenn Du es moralisch verwerflich findest, auf einem Portal mit diesen Suchkriterien gewesen zu sein, ist es mindestens ebenso verwerflich, vom moralischen Standpunkt gesehen, hier nur rum zu surfen, wie in einer Peepshow, ohne sich treffen zu wollen.

Warnung:

Auf solch einem Portal zu daten, ist nichts für Seepferdchen, obwohl Du auch hier männliche Seepferdchen finden wirst, rührende, süße, unschuldige, unverdorbene Seepferdchen. Ebenso Haie. Online Sex-Junkies. Männer, die die Hundert Marke lang hinter sich gelassen haben. Hart gewordene, nicht körperlich, sondern emotional. Dieses Portal ist keine Teestube, vielleicht solltest Du vorher zum Totenkopfschwimmer avancieren. Aber irgendwie sind diese Portale auch ehrlich. Viel ehrlicher, als viele anderen Portale.

Denn auf den Teestuben Portalen tummeln sich auch viele Wölfe, nur sind sie als Schafe verkleidet.

Auf einem LoD Portal gibt sich das Lamm als Lamm und der Wolf als Wolf.

Wie schon gesagt, in diesem Buch geht es nicht darum, Dich zu wilden Sex-Dates zu verführen. Sondern darum, Dir die Zutaten zur Verfügung zu stellen, um Dir ein neues Leben zu backen. Und zu einem neuen Leben gehört neue Leidenschaft.

Falls Du Dich auf einem LoD Portal angemeldet haben solltest, gelten

Die bekannten goldenen Regeln:

Dein Favorit antwortet nicht: Next. Zapper Oublier.

Du erlebst die tollste Nacht deines gesamten Lebens, danach löscht der Typ Dich sowohl auf dem Portal, als auch auf WhatsApp?

Jetzt leidest Du?

Hey, Du hast gerade die tollste Nacht Deines Lebens erlebt. Genieß die Nachwehen. Leiden war gestern. Tough Luck. Schreib, was Dir so gut an der Nacht gefallen hat in Dein Profil, mach drei neue LoDs klar. Es gibt genug Männer, die genau Deine Passion Kriterien matchen auf diesem Planeten.

Du bist hin und her gerissen? Halb zog sie ihn, halb sank er hin? Du bist beim Schnuppern über einen Mann gestolpert, der Dir gefällt? Der Dir nicht aus dem Kopf geht? Willst aber kein LoD Date? Völlig legitim.

Schreib ihn an. Du kannst ja ruhig sagen, dass Du nur kurz auf der Seite warst, ihn aber gerne auf ein Glas Wein treffen würdest. Davon geht die Welt nicht unter. Auch auf diesen Seiten tummeln sich ganz normale Menschen, die gerne bereit sind, sich einfach auch ein Glas Wein zu treffen, wie die anderen Dates auch. Die sich über ein Kompliment freuen. Und über ehrliche Worte. Wir sind alle Menschen. Wenigstens wüsstest Du diesmal schon vor dem Date, auf was er steht, wie er körperlich beieinander ist und nicht erst danach.

Vielleicht stellst Du fest, dass Du hier viel einfacher Männer kennenlernen kannst, als auf den gängigen Portalen, wo viele Männer Angst haben, vor all dem Rumgedöns einer möglichen Beziehung, dem Klammern, dem drängenden Kinderwunsch oder der Vaterersatzsuche vieler Frauen.

Falls Du Dich hier mit jemandem triffst, vergiss alle „mehr" Träume. Irgendwann wird sich rausstellen, dass einer ein echter Freund wird, vielleicht sogar eine längere Affäre. Aber klammer Dich bloß nicht dran. Hier geht es um Leidenschaft. Und die Option ohne Kondom sollte überhaupt nie, nicht hier und nicht in der Teestube, jemals eine Option sein! Auf der anderen Seite, falls Du Lust auf einen PLfDoD hast, einen Liebhaber ganz nach Deinem Geschmack. Mit allen Qualitäten und Eigenschaften, die Du Dir erträumst. Hier kannst Du ihn finden. Wer braucht einen Toyboy? Wer braucht die Zeitverschwendung von Dates?

Deine Welt steht auf dem Kopf?

Die Schatztruhe der Möglichkeiten ist geöffnet. Was Du Dir herausholst, ist Deine Entscheidung.

Selbsterkenntnis? Dem Ex nachweinen? Lust auf den idealen Liebhaber? Den PLfD?

Was auch immer es sein mag, bleibt Dein Geheimnis. Hüte es gut. Diese Erfahrungen sind nichts für die Kaffeeküche in der Arbeit. Auch noch nichts für einen Mädelsabend. Schweigegelübde.

Weisheit des Tages:
Einen Mann mit Freundin/Ehefrau zu daten ist immer schlechtes Karma.

Glückskeks des Tages:

Ein idealer Liebhaber die Woche kann mehr Spaß machen, als das Dienstags-Zumba.

Tag Vierundvierzig

Die Erleuchtung

Nein, keine neuen Dates klarmachen. Im Moment würdest Du Dich ja doch nur fragen, wie sein bester Freund aussieht und ob er auf xxx oder xxx oder xxx steht.

Für das letzte Abenteuer habe ich das Totenkopfschwimmerabzeichen empfohlen. Die heutige Aufgabe ist noch viel schwerer.

Bevor wir auf den Punkt kommen, den Absprung vom Zehn-Meter-Turm, muss man sich warm machen. Kein Sportler geht in einen Wettkampf ohne Aufwärmtraining.

Pferde stehlen:

Den Mann, der denselben Sinn für Humor hat wie Du, der Dich in allen Konversationen, egal, ob Online, beim Schlittenfahren, dem chinesischen Dokumentarfilm-Festival... Ein Nachbar, der Dir einen Hammer geliehen hat, Deinen neuen Schrank aufgebaut hat... Wer auch immer es gewesen sein mag...

Den, der Dich am häufigsten zum Lachen gebracht hat in den letzten Wochen. Egal, wie er aussieht, egal, ob er Deinem Beuteschema entspricht, oder eben nicht...

Den triffst Du bitte noch einmal.

Einziges (fettgeschrieben:) einziges Ziel dieser Verabredung ist es, Spaß zu haben und zu lachen, egal, ob er klein ist, dick, arm, sich schrecklich anzieht etc. etc. etc... von intimen Qualitäten ganz zu schweigen, sie sind heute I R R E L E V A N T.

Zeit, die Leiter des Zehn-Meter-Turms zu besteigen. In der Zwischenzeit fragst Du Dich hoffentlich nicht mehr, ob dies Deinen Hintern entsprechend zur Geltung bringt, sondern hast einzig das Ziel vor Augen.

Um rauf zu klettern, muss man viele Stufen erklimmen.

Wie damals, bei der Wende beim Schwimmen, ist dies der Moment des gedanklichen Innehaltens. Der mentalen Vorbereitung.

Es gibt farbblinde Menschen. Gott hat uns alle nach seinem Antlitz erschaffen. Sagt man. Er oder die Desoxyribonukleinsäure. Es war nicht ihre Entscheidung, farbblind auf die Welt zu kommen. Ist es ihre Schuld, dass sie Farben nicht sehen können?

Es gibt taube Menschen. Ist es ihre Schuld, dass sie nie in den Genuss kommen, Mozart zu hören? Wild auf einem Rat Pile Dance zu landen? Zu australischen Hits wie Hüpfbälle glückselig in die Luft zu springen? Nie einer Nachtigall lauschen können?

Beide Menschengruppen haben ein Bermuda-Dreieck im Kopf. Einen toten Winkel. Ohne Farbe. Ohne Musik.

Das ist so. Und wir verstehen das.

Dein Mann war geizig? Vielleicht fehlte in seiner Desoxyribonuklein-säuren-Kombination einfach die Gabe der Großzügigkeit. Und nichts im Leben hat ihn eingeladen oder gezwungen, die Gabe nachträglich zu entwickeln.

Dein Mann war ein brutales A.L.? Vielleicht hat ihm das genetische Roulette nicht die Gabe des Mitfühlens geschenkt. Vielleicht ruckelt irgendwas ganz tief unten in ihm, wenn eine Frau weint ob seiner Verletzungen, körperlich oder mental. Aber dann folgt nicht, wie bei den meisten Menschen das Mitleid, sondern einfach nur: Nichts.

Dein Mann konnte keinerlei Verantwortung übernehmen? War immer unpünktlich, nie zuverlässig da für die Kinder? Und Du hast sie immer trösten müssen, wenn er mal wieder nicht auftauchte, obwohl Du selbst weinen wolltest, weil Du wieder auf eine neue Geliebte gestoßen bist?

In der Zwischenzeit bist Du auf dem Zehn-Meter-Turm angekommen. Das Wasser glitzert in der Sonne. Du hast Angst vor dem Sprung. Dem Aufprall. Dem tiefen Reinsinken.

Deine Zehen krallen sich schon fest. Jeder Muskel in Deinem Körper ist angespannt. Du wirst nicht nur springen, sondern köpfen. Vom Zehn-Meter-Turm köpfen. (Schütz Deinen Kopf).

Denn heute bitte ich Dich zu vergeben.
Deinem Ex zu vergeben. Von Herzen.

No way?
Niemals.

Spring!

Die einzige Fluchtmöglichkeit ist nach vorne und springen!

Du prallst auf das Wasser, es tut wahnsinnig weh, aber Du spürst den Schmerz nicht, weil Du so wütend auf mich bist?
Pah! Dem Ex vergeben, obwohl er solch ein A.L war? Solch ein schlechter Vater? Dich ganz alleine gelassen hat, ohne Geld und mit Kindern. Dich mit der halben Stadt betrogen hat, während Du beschimpft wurdest, wenn das von Dir liebevoll zubereitete Essen nicht pünktlich auf dem Tisch stand?

Du redest nicht mehr mit mir? Hast das Buch wutentbrannt zugeklappt, zum Fenster rausgeschmissen?

Na dann geh und hol's wieder rauf. Das hast Du doch mit Deiner Traumprinzen-Liste auch heimlich gemacht ;-)

24 Stunden sind um, Du bebst immer noch vor Wut, wegen der Aufgabe ihm zu verzeihen?

OK, lasse Dir Zeit.

Indianer bleiben manchmal im Urwald stehen und warten, bis die Seele nachgekommen ist.
Warten wir, bis Deine Seele nachkommt – aber nicht länger als drei Tage.
Bis Deine Seele nachkommt, lade ich Dich auf eine Reise ein.

Phantasiereise *Phönix-Style:*

Du sitzt am Strand, am Ufer eines Sees. Die Wellen tanzen. Die Sonne scheint...

In Südamerika gibt es eine Religion, die Umbanda heißt. Die Anhänger dieser Religion haben einen wunderschönen Brauch, die ein bisschen unserem Erntedankfest ähnelt.

Einmal im Jahr pilgern die Anhänger alle ganz in weiß gekleidet an den Fluss oder ans Meer, um der Göttin Yemanja zu danken. Sie bringen traumhaft gestaltete Schiffchen ans Wasser, bestückt mit Dankesgeschenken für sie. Blumen, Parfüm, Früchte, Prosecco, Haarspangen. Vielleicht ist auch ein kleiner Herzenswunsch drin versteckt.

Sie tragen dann das Dankesboot ins Wasser, geben ihm einen Schubs und warten am Ufer, bis das Boot langsam am Horizont verschwindet oder vom Wasser langsam in die Tiefe gezogen wird.

Bastle Dein eigenes Boot. Bestücke es liebevoll mit Gaben, lege eine Erinnerung an Deinen Ex mit hinein. Ruhig auch einen aufgeschriebenen Wunsch. Ein Post-It und eine vorgestellte Kaffeetasse. Vergiss nicht, ein kleines Dankeschönschreiben mit hineinzulegen, für die Geschenke in Deinem Leben und auch für die schönen Eigenschaften von und Momente mit Deinem Ex. Und den neuen Dates.

Dann radle an einen Fluss, ganz alleine und ohne die Friedenspfeife mit illusionsfördernden Kräutern zu füllen. Ganz nüchtern, ganz klar. Und trag Dein Boot ins Wasser. Und gib ihm einen Stups.

Das Boot mit Deinen Geschenken, Deinem Ex, Deinem Wunsch, Deinem Dankeskärtchen und dem Post-It schwimmt auf den Wellen, wird rumgespült, rumgewirbelt von den Kräften des Wassers, wieder und wieder und wieder. Vielleicht gleitet Deines ja auch einfach ganz langsam davon. Oder es kippt sofort und geht sang- und klanglos unter.

Nur, dass Du die Gedanken jetzt nicht mehr selbst wiederkäuen musst, sondern die Urkraft der Natur das für Dich übernimmt.

Du lässt los. Sitzt am Strand oder am Ufer und beobachtest das Boot mit Deinem Ex drauf, wie es dahintreibt, vielleicht von den Wellen umgeworfen oder rumgewirbelt. Egal was, egal wie, bis es immer kleiner wird. Der Mond scheint, das Boot, Dein Ex, Deine Gaben, das

Post-It werden immer kleiner, immer kleiner. Das Wasser treibt sie davon, übernimmt Verantwortung, übernimmt Dein Leid, Deine Wut, Deinen Groll, Deinen Hass, Dein Vermissen, Deinen Ex. Du lässt los.

Lasse

Los

L   a   s   s   l   o   s

L

a

s

s

l

o

treibt davon.

Am Horizont ein Schatten...

Nicht mehr erkennbar...

Jetzt ist der Moment gekommen. Am Ufer des Flusses. Im Schatten des Mondes. Wenn Du ganz tief in Dich hörst, kannst Du verzeihen, dass Dein Ex-Mann einen schwarzen Fleck da hat, wo andere Mitgefühl, Großzügigkeit, Respekt, Verantwortung empfinden.

Egal, was wie wo wann. Ist Dein Herz bereit, ihm zu verzeihen?

Heute ist keine Walpurgisnacht.

Heute ist die Nacht zu verzeihen, was auch immer es noch zu verzeihen gibt.

Von ganzem Herzen.

Ihm, Deinem Ex. Ihm, dem neuen Date, der Dich gedisst hat? Gibt es noch alte Wunden? Dir selbst zu verzeihen, für Deine Schwächen, dafür, es so lange ausgehalten zu haben? Die verlorenen Jahre zu verzeihen? Das sind viele verlorene Stunden und Minuten und Sekunden.

Lasse den Mond Dir helfen. *Dich heilen.*

Und die Zeit.

Irgendwann kommt der Moment, wo Frieden in Dir einkehrt.

Danke Gott, falls Du an ihn glaubst, den Vorfahren oder dem Mond, den Wolken und dem Wind.

Und dann dreh dich um.
Lasse die Sandalen stehen.
Und laufe los, weg vom Ufer.

Lauf dem Mond entgegen.
Dein neues Leben wartet auf Dich.

Tag Fünfundvierzig

Finale

Wenn Du dieses Buch gelesen hast und nicht mindestens sieben schöne Abende erlebt hast, fang noch mal von vorne an, oder erkenne Dich selbst als Griesgram, Suffix oder Leidende, auch dies können erfüllende Lebensinhalte sein.

Mädel, ich hab schon lange Deine Hand losgelassen. Die Stützräder schon lange abmontiert und Du segelst durch Dein neues Leben völlig selbstständig, selbstbestimmt, selbstbewusst und voller Freude.

Vielleicht hast Du den Übergang wahrgenommen, vielleicht nicht. Vielleicht haben Dich Deine Freunde darauf angesprochen, oder auch nicht.

Der langen Rede kurzer Sinn: Du hast schon lang Dein neues Leben begonnen. Du bist mitten drin, im „Back Dir ein neues Leben". Vielleicht noch in den Ofen schieben, ziehen lassen, eine Prise Salz, ein paar essbare Blüten?

Das Leben ist kein Zuckerschlecken. Außer Du backst Dir Deine eigenen Momente der Freude. Dein eigenes Glück. Deinen eigenen Sinn des Lebens.

Wie geht es Dir?
Wie ist es Dir ergangen?

Jetzt wo Du plötzlich bemerkt hast, dass Du schon lange ohne Stützräder radelst?

- Du hast Dich in die Blumensamenbomben mit Gewissen verliebt
  und warst so sauer, dass es sie nicht mehr gibt, dass Du selbst neue
  kreierst und vertreibst. Du bist die neue Kabloom geworden? Plötzlich stand dann so ein Typ vor der Tür, der sich ebenfalls in die
  Blumensamenbomben mit Gewissen verliebt hat und so froh war,
  dass Du Nachschub leistet, dass er Dir seine Hilfe anbot. Und jetzt,
  nun? Es hat gefunkt?

- Du hast den Tu-Gutes-tut-gut-Satz wahrgenommen, drüber nach-
  gedacht und Dich entschieden, unbegleiteten Flüchtlingskindern
  zu helfen? Du und ein Mitstreiter, Ihr habt Euch in dasselbe Kind
  verliebt? Und obwohl er weder Wunschkriterium a) b) oder c)
  entspricht, seid Ihr Partner in Crime geworden, inklusive aller
  Verantwortung und Ihr habt Euch entschlossen, den Kleinen zu
  adoptieren, egal, wie kontrovers das Thema Adoption auch sein
  mag?

- Bei dem Rat Pile Jumping hat Dir einer den Arm gebrochen, überhaupt nicht Dein Typ und Ihr seid jetzt wie Topf und Deckel?

- Die letzten Wochen, Monate, Jahre vor einer Trennung sind oft relativ leidenschaftslos. Vielleicht hast Du beschlossen, erstmal Beziehungspause zu machen und ein oder zwei Jahre die lila Pausen des Lebens mit genialen, zu Dir passenden Liebhabern zu verbringen?

In diesem Fall könnte der „Wir-Rider" leer bleiben und auch alle anderen Wunschkriterien Deines ursprünglichen PleasurAmmon-Legespiels unwichtig werden. Gutverdienend? Cool? Groß? Schwarzhaarig? Intellektuell auf Deinem Level?

Who cares?

- Der Schatz des „Wir-Riders" hat Dir die Augen geöffnet und Du weißt jetzt, dass Du Dich nur mit einem Mann treffen willst, der Deine Scrabble Leidenschaft teilt? Und so bist Du statt auf eine Phantasiereise auf eine echte Reise gegangen, zu einem internationalen Scrabble Wettbewerb am Ende der Welt geflogen und hast dort Deinen Traumprinzen getroffen? Auch wenn er nicht xxx und xxx und xxx erfüllt, seid Ihr zwei jetzt ein Scrabble-erfülltes Dreamteam?

- Fuchsschwanz im Wasser hat Dich neugierig gemacht und Du hast das I Ging gelesen. Und einen I Ging Workshop besucht. Feuer und Flamme mit einem Typ diskutiert und Ihr habt beschlossen, die Schätze des I Ging den Menschen hierzulande näher zu bringen und Ihr seid jetzt ein Tiegel?

- Du hattest so viel Spaß am Guerilla Gardening, dass Du Dich mit dem Thema Natur und Pflanzen angefreundet hast und bist „Rettet den Regenwald" beigetreten. Und da gibt es einen Kollegen, nein, Du weiß noch nichts über seine LoD Qualitäten, auch nicht, ob Ihr den „Fart Stage" überleben würdet, aber Ihr beide arbeitet Tag und Nacht mit dem Ziel, den Regenwald zu retten, oder die Ureinwohner eben dessen und sein Lächeln, seine blitzenden Augen und sein Enthusiasmus bringen Dein Herz zum schmelzen?

- Du hast Dich für das Node Tech-Meetup entschieden, hast Feuer gefangen und bist jetzt ein Node Nerd? Keine Zeit für Dates, weil Du völlig im Abendstudium versunken bist? Date mit anderen Node Nerds inklusive oder nicht: Enjoy Nerd Life.

- Die schlechte Aufnahme „Der Wandlung" hat so in Deinen Ohren wehgetan, dass Du Deinen Chor überzeugt hast, sie neu aufzunehmen, einem Chor beigetreten bist oder gar selbst einen gegründet hast? Nie hättest Du den zweiten von rechts in der mittleren Reihe unter den Bässen wahrgenommen, weil er einfach durchschnittlich aussieht. Bis Du seiner Stimme gelauscht hast. Jetzt bist Du verzaubert? Ihr ein Duo? Eure Stimmen, Sopran und Bass, schwingen sich gemeinsam wie glückliche Vögel in die Höhe?

- Als Du Dein wunderschönes Dankes- und Wunschboot zu Wasser gelassen hast, ihm beim Versinken zugeschaut hast im Vollmondlicht, da kam plötzlich ein wütender Angler daher. Weil Du und sein Boot ihn in seiner Anglerruhe gestört habt. Und Wut wurde zu Leidenschaft. Dann. Schließlich: Sex on the Beach in völlig neuen Dimensionen. Am matschigen Ufer eines Weihers in Anglerstiefeln im kühlen Herbst-Deutschland. Die Diskussion dauert bis heute an. Der Sex ist gigantisch?

- Die Excel-Tabelle hat Dich erleuchtet – ist doch auch nicht schlecht – Erleuchtung dank Excel – und Du hast gemerkt, dass sowohl Du als auch Dein A.L. Ex am Scheitern der Beziehung beteiligt gewesen seid, der Wir-Rider viel reichhaltiger war, als die Schwächen-Rider? Ihr hattet daraufhin ein bombastisches Revival und Ihr heiratet nun nach der hässlichen Scheidungs-Schlammschlacht ein zweites Mal?

- Während der indischen Wochen hast Du Deinen persönlichen Krishna gefunden? Nicht Hare Krishna. Krishna. Großer Unterschied. Ein bisschen wie Jesus und die Dornenkrone. Und Du probierst Deinen ersten Sari an, weil er Dich seinen Eltern vorstellen will? Und Du strahlst vor Glück, weil Du Dich darüber freust. Er Dich ganz einfach glücklich macht? Obwohl er keinen blassen Schimmer vom Kamasutra hat. (Noch) ;-)

Wer hat hier eine Schere im Kopf? Du nimmer.

Willst Du Dir ein neues Leben backen? Jetzt hast Du alle Zutaten und alle Fertigkeiten. Nichts steht einem neuen Leben im Weg. Oder bist Du schon lange in Deinem neuen Leben angekommen? Freut mich!

Vogeleltern sind brutal, irgendwann stoßen sie die Brut aus dem Nest und sagen, jetzt kannst Du fliegen. Irgendwann kommt jedes Buch zum Ende.

 *Du kannst jetzt fliegen.* Fliege Vogel. Du bist jetzt ein Phönix. Asche war gestern. Fliege und genieße Deinen ganz persönlichen, selbstgebackenen Flug

Glückskeks des Tages:

Falls Du es schade findest, dass das Buch zu Ende ist. Du kennst mich ja jetzt ein bisschen. Das war nicht das Ende vom Lied. Stay tuned.

Du vermisst die Glückskekse?
Ich auch!

Der Tag danach

Gar keine Lust mit der Phönix-Diät aufzuhören?

Dies ist ein Buch in sieben Dimensionen.
Du hast mitgezählt, bist aber nur auf drei oder sogar auf elf oder mehr Dimensionen gestoßen?

So what?
Sei die siebte Dimension.
Sie ist reserviert für Dich.

Mach einfach mit.

Lies Deinen Freundinnen Deine Lieblingsstellen der Phönix-Diät vor, nimm ihre Gesichter, ihre Reaktionen, Dein Vorlesen, also das Ganze auf. Filmt Euch beim Phönix-PleasureAmmon.

Ihr könnt Eure Shortfilms auf
www.phoenix-style.de
und auf Facebook
https://www.facebook.com/lkcphoenixstyle/
einreichen.
Selbstverständlich werden die Besten veröffentlicht.
Klar gibt es wunderschöne Sushi-USB-Sticks als Goodies.

Und vielleicht gibt es eines Tages neben dem Hörbuch ein Video der Phönix-Diät von A-Z und im Kreis gefilmt, gelesen und gelebt von Euch, den Phönix-Innen. Den Phö-Nixen.

Glückskeks des Tages:

Das Leben kann so schön sein, wenn man nicht im Leid klebt.

ᐸAnhang

Bezugsquellen Nachweis:

Blumensamenbomben

http://monoqi.com/de/flash-sale/samenbomben-fuer-guerilla-gaertner/
kabloom/8-samenbombenkraeuteraeblumen-2.html

Blüten-Tee

http://monoqi.com/de/flash-sale/visueller-teegenuss/creano/
weisser-tee-tasse-geschenkset.html

Dorothee Lucci's Awareness App:

Die App für Apple Users: https://itunes.apple.com/
us/app/starflight-vr/
id986863855?mt = 8

Die App im Google Play Store: https://play.google.com/
store/search?q = StarflightV

Die PleasureAmmon Kärtchen

kannst Du Dir in Deiner Lieblings-Papeterie kaufen oder einfach
Online bestellen:

http://www.ademo-papeterie.de/karteikarten/200-stueck-kartei-
karten-a6-5-intensivfarben-gemischt-blanko-160gcm%c2%b3/

Zitate – Quellennachweise:

Phönix:

Quelle (leicht abgeändert): Wikipedia.de

https://de.wikipedia.org/wiki/Ph%C3%B6nix_(Mythologie)

I Ging

I Ging, das Buch der Wandlung, unbekannter Autor, Übersetzung
Richard Wilhelms

Herausgegeben von Richard Wilhelms, Diederich Verlag

http://schuledesrades.org/public/iging/buch/

Grammatik:

Das Arabische kennt lediglich zwei einfache „Zeiten", in denen Verben
verwendet werden. Diese sind das Perfekt, das abgeschlossene Handlungen in (meistens) der Vergangenheit ausdrückt und das Imperfekt,
das für Handlungen verwendet wird, die nicht abgeschlossen oder
wiederkehrend sind.

(Zitat: http://www.grammatiken.de/arabische-grammatik/verb1.php)

Präteritum (unvollendete Vergangenheit, Nachvergangenheit,
Imperfekt oder 1. Vergangenheit, in Österreich häufig „Mitvergangenheit"[1]): ich liebte

Perfekt (vollendete Gegenwart, Vorgegenwart oder 2. Vergangenheit, in Österreich häufig „Vergangenheit"[1]): ich habe geliebt

Plusquamperfekt (vollendete Vergangenheit, Vorvergangenheit oder 3. Vergangenheit): ich hatte geliebt

(Zitat von Wikipedia: https://de.wikipedia.org/wiki/Vergangenheit)

Vom Perfekt ausgehend werden alle Verben gebildet. Dabei spielt die dritte Person Singular maskulin eine wichtige Rolle, da die starken Verben nur die Wurzel enthalten, also das Wort in seiner Urform anzeigen. Alle weiteren Personen werden mit Suffixen gebildet.

(Zitat: https://de.wikibooks.org/wiki/Arabisch:_Sammelstelle_Perfekt)

Die Wurzel S L M:

Das Werk „Reise durch die arabische Sprache – zu den verborgenen Schönheiten" aus dem das Friedenszitat stammt ist ein purer Quell an Sprach Freude. Da werden mathematische Wurzeln gezogen, philosophische Gedankenmodelle entworfen. Mehr will ich hier nicht verraten. Lies es einfach. Leider scheint es nicht als Buch erhältlich zu sein und ist nur online zu finden:

(Zitat: „Reise durch die arabische Sprache – zu den verborgenen Schönheiten", Franz Morcinek, Arabische Wurzeln, Die Mathematik der arabischen Sprache)

http://public.beuth-hochschule.de/~morcinek/Reise/Stat_10.htm

Love and other Disasters:

Der Film „Love and other Disasters" wurde von Alek Kekishian produziert und geschrieben. Du kannst ihn Dir überall ausleihen.

Inspirationen:

Die Helden vom traumhaft schönen Kodaikanal:
https://en.wikipedia.org/wiki/Kodaikanal_mercury_poisoning
https://www.youtube.com/watch?v=nSal-ms0vcI

Weitere Inspirationen:

Du willst Mut tanken, Dich engagieren, Gutes tun? Es immer gut ist, über den eigenen Tellerrand hinauszuschauen.
Weitere Inspirationen findest Du auf:
www.phoenix-style.de

Zapper Oublier von RaXiNoaR
www.raxinoar.com

Sol y Luna Lodge in Costa Rica:
http://www.regenwaldreisen.ch/costa-rica-playa-grande-sol-y-luna-lodge.htm

360 Grad Virtual Reality Erlebnisse für die Oculus Rift:
https://www.youtube.com/watch?v=1XgkrsqO8ks
https://www.youtube.com/watch?v=PJ5Rei6c0DQ

Starflight für Apple Users:

https://itunes.apple.com/us/app/starflight-vr/id986863855?mt = 8
Starflight im Google Play Store: https://play.google.com/store/
search?q = StarflightVR

Die 360° VR Version von The Male Eternalized kannst Du auf www.the-male-eternalized.com herunterladen.

Die Essenz des Shaolin Kung-Fu (ganz normale Videos):
Affe:

https://www.youtube.com/watch?v = LZoAURcuzeE

Kranich:

https://www.youtube.com/watch?v = y6o3LIKg1WU

Tiger:

https://www.youtube.com/watch?v = KEbqHNvZyqQ

Schlange:

https://www.youtube.com/watch?v = EBoknR-vFDQ&index = 10&list = -
PLIEZclG8fo7k9sJ-bayRw62iMLKk8FJpc

Gottesanbeterin:

https://www.youtube.com/watch?v = UowdRYC9qdE

Die Wandlung

Von Wolfgang Lackerschmid

Text: Muni Leykauf

Interessierte und ambitionierte Chöre, welche Lust haben die Wandlung einzustudieren und aufzuführen, können die Partitur direkt bei Wolfgang Lackerschmid bestellen unter www.lackerschmid.de

Die Wandlung findest Du zum Anhören auf www.phoenix-style.de

God?
God?
God!

God!

Is it you who invented that game?
Do you want me learning through pain?
Do you want me suffering to grow
disillusions to believe?

No!

Maybe it's that you simply got bored,
would you tell me, did you get bored?
My joy, my hope up in the skies,
My source, my pain –

Did the devil join the game?

That you, the two brothers
are fighting each other,
fighting for souls, tempting, convincing, winning and losing.
Us just mere pawns
In the fight of the lords

Is this why we have to suffer my God?

Troubles through all my lifetime
Beein' just a toy for the devil and God?
Causing dismay in my mind.
all divine deity
Buddha and Allah
Odin and Pan
Is it all you?

Krishna and Vishnu
Ogum and Xango
worshipped adored
many names for the same
Fighting your brother like Abel and Kain
Why are you God then my God?
What on earth is going on in heaven?
I challenge you to answer

Thank you for listening silent protector
source of my smiling, source of my pain
why do we have to suffer, oh tell me
is it to find a way to be free?

you are so silent my God
is fate the answer, is Nirvana the answer
or is Earth a mere school?
or are we paying, are we really paying,
still paying for long last sins?

never mind in which church we sit
never mind in which mosque we pray
nor the temple where we would meet
never mind where on Earth
brothers and sisters
all of them suffer
and search and cry and believe.

Me too.

Then God are we masochists
afraid to live joy
afraid just to be ourselves
and simply live joy
mere fear afraid of living dear

afraid of joy of bliss of you my God.

mere fear afraid of living dear

instead we are growing through pain or is it us

is it really us who invented that game

humans make the rules

humans pray the rules

humans preach the sins

humans teach the sins

glorify suffering

stupid stupidity

we are indeed guilty

misinterpreting God

needing the suffering

wanting the suffering

lacking the courage to simply live free

what an excuse

humans make the rules

humans pray the rules

humans preach the sins

humans teach the sins

humans make the rules

humans pray the rules

humans want control

we want control

Is it us

preventing joy

us the church

us the rules

is it us

neglecting you my God

it must be us

neglecting thee, oh Lord

God give me the power

God give me the courage

please give me your blessing

and instinctive guessing

free - you want us to live free

free - all of us free

free of rules

free of prejudice

and free of sins

free us to be free, oh Lord

Brothers and Sisters let's get up together

all of us one and unique

let's live the freedom a gift of the heavens

free of the devil and free of all sins

me the responsible for all my suffering

not is it God but me

I am responsible, God is beside me,

God is inside me, I am so free

Let's get up and live

leave all the suffering

and be responsible

get up be free

All your divinity

all is inside of me

all your religiosity

all of your strength

responsible for me

directly to thee

give me the courage

to live all the suffering

leave all the troubles

step out of the mud

I am responsible, God is beside me,

God is inside me, I am so free
All your divinity
all is inside of me
that's how you want us to live
me, you, us, free,
free for us
directly to thee.

Vita:

Alessandra Muni hat in Genf, London, New York, Mumbai, Lomé, Maloja und Venedig gelebt und wohnt heute in München. Ihre Wurzeln liegen in den wilden, atemberaubend schönen Bergen des Oberengadins, dem traumhaften Norditalien und den bezaubernden Hügeln des nördlichen Oberfrankens.

Lieben, leiden, leben. Diese Trilogie des Lebens, rund um die Welt gelebt, so facettenreich und trotzdem immer wieder einzigartig, interpretiert sie atemlos, packend und aus völlig überraschenden Blickwinkeln.

„Ich höre zu und ich werte nicht. Liebens- und Leidensgeschichten der unterschiedlichsten Kulturen und Altersgruppen sind mir vertraut.“

Warum ich dieses Buch geschrieben habe:

Damit es Dir besser geht – Liebeskummer hin oder her. Phönix-Style frei von Dir interpretiert. Du wählst, welcher Glückskeks Dir taugt. Also lass Dich entführen auf eine Reise voller köstlicher Abenteuer, bunter Sinnesfreuden und wundersamer Überraschungen. Werde zur Phö-Nixe, die das neue Leben wie einen Festtagsbraten genießt, gerne mit tollen Männern garniert.

Erfolge von „Liebeskummer ciao! Phönix-Style":

Auserwählt unter 1000 Einsendungen der großen, internationalen **„Write Movies Spring Competition 2016"** in Hollywood, USA – gelistet unter den 25 besten Einsendungen.

Die „Write Movies Competition" prämiert die besten Drehbücher der Welt, alle anderen Literaturstile dürfen teilnehmen. Eigentlich können nur Drehbücher unter den 50 Besten rangieren. Lkc Phönix-Style ist kein Drehbuch und schaffte es trotzdem auf die Liste der 25 Finalisten.

Schon kurz nach Veröffentlichung:

20 Rezensionen auf Amazon

700 Kommentare und 21 Rezensionen auf Lovelybooks

Gewinne die tollen Phönix-Goodies auf Facebook:

https://www.facebook.com/lkcphoenixstyle/

Webseite:

www.phoenix-style.de

Impressum

© 2017 Alessandra Muni

Erstauflage

Illustration: Alessandra Muni

Layout, Umschlaggestaltung: Daniel Siebert, Düsseldorf

Lektorat, Korrektorat: Daniel Kletke, Berlin

E-Book Konvertierung, Druckoptimierung: SwiftProSys, Chennai, Indien

Verlag: Phönix-Style Verlag, München

ISBN Hardcover: 978-3-9818-6801-2

ISBN Taschenbuch: 978-3-9818-6809-8

ISBN E-Book: 978-3-9818-6805-0

Amazon Kindle: ASIN: B01NA8128A

www.phoenix-style.de
Facebook: LkcPhoenixStyle

Bibliografische Information der Deutschen Nationalbibliothek: Die Deutsche Nationalbibliothek verzeichnet diese Publikation in der Deutschen Nationalbibliografie; detaillierte bibliografische Daten sind im Internet über http://dnb.d-nb.de abrufbar